カゲロウデイズⅣ

-the missing children-

じん（自然の敵P）

日記を書くのは、今日が初《はじ》めてになる。

初めての事なので、正直、なにを書けば良《い》いのか今もまだ悩んでいる最中《さいちゅう》だ。

「その日に起きた事を」と言っても、ここでの生活は特筆《とくひつ》するようなことが多い訳《わけ》でもないし、どうしたものだろうか。

あぁ、こんなことを言っては、あいつに申し訳ないか。訂正しよう。

そうだ。今日起きた事と言えば、娘を初めて家の外に出したのだ。

そこら中のもの全《すべ》てに目を輝かせ、あれはなんだ、あれはなんだと聞いてくる様《さま》は、かつての私を見ている様《よう》だった。

そうそう、途中、娘が大きな蜂《はち》を追いかけようとした時の、あいつの慌《あわ》てようといったらなかった。

結局追い払おうとして、今度は自分が蜂に追いかけられてしまったのだ。それには流石《さすが》の私も娘と一緒に大笑いしてしまった。

そろそろ、ここに住み始めて何度目かになる夏が来る。

そういえば、ここにやってきた時も、むせ返る様な真夏日だった。

思い返してみると、改めて時の流れの早さに驚《おどろ》いてしまう。

あと何回、三人で夏を迎えられるのだろうか。

あと何回、三人で笑い合えるのだろうか。

そんなことを考えると、少し寂《さび》しい気がしてしまうから、やめておこう。

日記というのは、もっと読み返して楽しいものであるべきだ。うん、今後はそんな日記にできるように努《つと》めよう。

どうせだったらその日のことだけではなく、今まで私が見聞《みき》きしてきた様々《さまざま》な話も書いてみようか。

うん、それがいい。

いつか、娘がもし外の世界に興味を持った時に、この日記が少しでも役に立てば、それが一番じゃなかろうか。そんなことを思う。

明日からはもっと趣向《しゅこう》を凝《こ》らしてみたい。

珍《めずら》しいあいつからのプレゼントということもあるし、なるべく毎日書かなければ。

では、今日はここら辺で区切《くぎ》るとする。

明日もいい日でありますように。

×××

目次

暗い場所にいた。

右も、左も、上も下もない。

寒くもなければ暑くもない。

そんな場所だ。

シニガミレコードI

どれくらいの時間そこにいたのかは、「時間」を知った今でもわからない。

そもそもそこにいた頃の私は、「暗い」なんて感覚すらも持ち合わせていなかったはずだ。

いつだったか「明るい」に出会い、その時を境《さかい》に私は「自分は暗い場所にいたのか」と考えるようになったのだから。


この世は、往々にしてそうだ。

新しい事柄《ことがら》に出会って、初《はじ》めて過去の事柄を理解することになる。

「今日」に出会って「昨日」を知ったし、「朝」に出会って「夜」を知った。

「冬」に出会って「夏」を知ったのなんて、ついこの前の話だ。

そう、知ることを覚えてから、初めて私は、この世界が劇的に変貌《へんぼう》し続けていることに気がついた。

それまで支配していた暗黒に替わり、いつの間にやら多種多様《たしゅたよう》な物で埋《う》め尽《つ》くされたこの世界は、一つ瞬きをするごとにその姿を変える。

初めての瞬《またた》きを終えた時、私は意識もしなかったこの世界に、初めて興味《きょうみ》を持った。

明暗を繰り返す「空」。

降り注《そそ》ぐ日差しを受け、碧《あお》く輝く「海」。

「大地」に降り注ぐ「雨」。

そこに現れた「生命」。

誰に言われる訳でもなく、私はこの世界に現れた「それら」を眺め、一つ一つのそれが一体どういったものなのか、紐解《ひもと》くように理解し続けた。

次々と生まれ、朽ち果て続ける万物《ばんぶつ》を、ただただ理解し続ける……私は、随分《ずいぶん》と長い時間そうしていたように思う。

それこそ、なにかの基準になるような物が何一つ残らなくなるほどの時間、私はこの世界の変貌を見つめ続けた。

　そうしてある日、私は気がつく。

一度回り始めたこの思考は、酷《ひど》く止まることを嫌うのだ。

暗闇の中にいた頃のように、何も考えずただその場に居続《いつづ》けようとしたところで、「知ること」を覚えた私の頭の中には次から次へと疑問が浮かび上がる。

『これはなんだ』

『あれはどうなってる』

『なぜこれはここにある』

浮かび上がる好奇心《こうきしん》を押さえる術《すべ》もなければ止める理由もなかった私は、溢《あふ》れ出す疑問に身を任《まか》せ、来る日も来る日も理解の旅を続けた。

*

ある時、洞窟《どうくつ》に入った私は、細い一本道を進むうちに湖の広がる巨大な空間に行き着く。岩肌の天井には所々《ところどころ》に裂け目があり、そこから漏《も》れる陽光が、チラチラと湖の水面を照らしていた。

淡《あわ》い光が照らす一点をなんとなくに覗《のぞ》き込むと、水面に小さな影が映り込んだ。

ゆらゆらと、まるでこちらを眺めるかの様に佇《たたず》むその姿は、今までに見たどの生き物とも違う姿形をしていた。

始めは意にも介さなかった。生き物なんて珍しいものでもないし、どんなやつがいても不思議ではない。

ただ、驚いたのは、その生き物がどうも「私を認識している様に」思えたことだ。

「なにかに眺められる」ということは、私にとってあり得ないことだった。

なぜだか今までに出会った生き物など、生き物同士での認識こそし合っているように見えたが、私を認識する生き物など一匹もいなかったのだ。

その点この影は、「目」こそないものの、ジッとこちらを眺めている様に思えた。

興味が沸き、その影としばらく向かい合った私だったが、その姿が紛《まぎ》れもない自分自身の姿だと気づく。

衝撃《しょうげき》だった。

なぜ今まで気づかなかったのだろう。私にも、他の存在と同様に、自身の姿形というものがあったのだ。

初めての「自身の姿」との邂逅《かいこう》に、私の頭の中には好奇心が溢《あふ》れかえった。

「いつからこんな姿だったのか」「ここはどうなってる」「なぜこんな姿をしている」と隅《すみ》から隅まで自分の身体を眺《なが》め尽《つ》くす。

しかし、浮かび上がるそんな疑問の何一つに対しても、私は答えを出すことができなかった。

どうにも不思議な感覚だった。

「自分自身」のことがまるで解《わか》らないのだ。

今まで他の存在に関しては理解できていたというのに……

『誰が、私を創《つく》ったのだろうか』

ふと浮かんだそんな疑問は、一瞬にして私の頭を思考で埋め尽くした。

近いところだと私は、いつの間にやら現れた「生き物」と同じ括りなのかもしれない。

しかし、その括《くく》りの中に私がいるとするならば、私を産んだ存在が何処《どこ》かにいるはずなのだが、この長い時間の中で、未《いま》だにそれには出会っていない。

そもそも私は「生き物」の始まりを眺めていたのだ。そんなところからも、奴らとは根本的に生まれ方が異なるのだろう。

更《さら》に、奴らは「時間」によって形を保《たも》てなくなるが、奴らがあっという間に消滅《しょうめつ》を迎える中未《いま》だ私が、それを迎える気配がないところを見ると、私は全《まった》く違う「何か」なのだと考えた方が自然かもしれない。

だが……

『ならば、私は一体なんなのだ』

今の今まで、現れた一つ一つの事柄をつなぎ合わせ辿《たど》る様に、理解の旅をしてきた私だったが、「私自身」について私は考えたことも無かった。

浮かんだこの疑問に何か答えを示そうと、私はいよいよ本格的に思考を始めた。

目を瞑《つむ》り、眼前に広がる闇に没入《ぼっにゅう》する。

よく似た、あの頃の暗黒を思い出していく。

辿るのだ。

もう一度最初から。

*

……どれほどの時間が経《た》っただろう。

私はもう随分《ずいぶん》と長い時間、この場所で『私自身』に対しての説明をつけるべく、追憶の旅をしていた。

今までに蓄えた全ての知識を頼ろうと、膨大《ぼうだい》な思考の軌跡《きせき》を一つ、また一つと順に辿り続ける。

それはもう気の遠くなる……いや、私に限ってそんなことは起こりえないのだろうが、そう感じるほどに、長い長い道のりだった。

そして、そんな好奇心だけを推進力にしたような思考旅行も、ようやく終着点に辿り着くこととなった。

思い出せる限りの始まりから、ここで目を瞑るその瞬間までの記憶を、私は辿り尽くしたのだ。

しかし結果はというと……

『……わからん』

ポロリとこぼれた結論に、自身の出した答えとはいえ、すっかり落胆《らくたん》してしまう。ようは私は『私を説明するということは、どうやってもできない』ということを理解したのだ。

大抵の事柄に対して、時間はかかったにしても、理解できぬということは今までなかったが、今回はどうだ。

ぐるぐると、追憶《ついおく》の堂々巡《どうどうめぐ》りを繰り返してはみたものの、一向《いっこう》に答えが出ない。

正直、これほどまでにさっぱり答えの出ぬ疑問に直面したということに対して、非常にムシャクシャする。

ムシャクシャする……か。

これも一つ、追憶の副産物《ふくさんぶつ》なのかもしれない。

そんなことを考えているといよいよ思考も緩み、私はしばらくぶりに目を開けてみた。

眼前《がんぜん》の水面には、変わらず私の姿が映し出されている。黒い影。頭も足も尻尾《しっぽ》もない、黒いだけの存在がそこにいた。

そんな形容《けいよう》しがたい自身の見た目に対して、先ほど感じたムシャクシャには、いよいよ拍車《はくしゃ》がかかりはじめる。

見た目だけでも、もう少し解りやすい形をしていれば良いのだ。私は。

足があり、頭があり……というような姿だったのならば、今より少しは説明が付けやすかったかもしれないというのに。


当てつけの様にそんなことを考えていると、突如《とつじょ》水面に映り込んだ黒い影にぼんやりと二つの赤い点が現れた。

生き物が流す血の色を、輝かせたような色だ。

自身に起きた変化に少しばかり驚きはしたものの、意外と頭は冷静に回った。

これは……「目」か？　先ほどまではなかった様に思えたが……。

しかし、そうか。私には『目』があるのか。

いよいよ生き物じみているが、実際はどうなのだろう。生き物とは違うなにかなのだとするならば一体……

新たに手に入った情報をもとに、私が再び思考に入ろうとした瞬間、突如背後からジャリジャリと小石が擦《す》れ合う音が聞こえだした。

不意をつかれるも、頭は冷静に判断をする。

この音は知っている。生き物が進む際に、地面を踏みしめて鳴らす音だ。

反射的に音のする方向を眺めると、どうやらその音の主《ぬし》、は私がここに来るまでに辿った道を進んでいるようだ。

徐々《じょじょ》に近づくその音を聞く感じだと、恐らく二本足で歩行する小さい生き物だろう。数は数匹か。

などと考えていると、ほどなくして現れたのは予想通り数匹の小型の生き物だった。

ただ、こいつらもまた見たことのないやつだ。

異質《いしつ》だったのは、そいつらが「炎のついた枝」を持っていたことだ。

あれによって暗い洞窟内を照らし、進んできたのだろう。

興味にかられ、マジマジとその方向を眺めていると、いよいよその生き物は私に近づいてくる。

そいつらが近づくと、炎に照らされたその姿が一層鮮明《いっそうせんめい》に見て取れた。

なにかの有機物《ゆうきぶつ》を繊維状《せんいじょう》に編み込んだ物を、毛皮のように纏《まと》っている。

その他にも、腰には意図的に削りだしたような小さい鉱物《こうぶつ》を、恐《おそ》らく護身《ごしん》用に携《たずさ》えている。

火を扱うところからも、どうやら相当《そうとう》に知能の高い生き物らしい。

キョロキョロとあたりを見回すその挙動《きょどう》は、何かを警戒《けいかい》してのものだろうか。大方、補《ほ》食者《しょくしゃ》の類《たぐ》いを警戒しているのだろう。

あの身体の大きさだと、それこそ大型の生き物に出会えば、あっという間に丸呑《まるの》みにされてしまいそうだ。

そんなことを考えながら眺め続けていると、そいつらは不意《ふい》に立ち止まり、私の方向を照らすように火を掲げて、大きく鳴き声を発した。

まるで食われる直前かのようなけたたましい鳴き声。不意をつかれた私は、一気に思考を巡《めぐ》らせる。

なんだ⁉　一体どういうつもりでこいつは鳴き声をあげている⁉

そんな私にはお構《かま》いもなしに、生き物は鳴き声を止めぬまま、手にした炎を振り回し始めた。

暗闇の中、茜《あかね》色の残光《ざんこう》が右に左に宙《ちゅう》を舞《ま》う。

『炎』

アレは物を『焼く』物だ。

それはわかる。ただ、なぜこいつらはそんなものを振り回すのだろうか？

まるでなにかを追い払おうとしているかのようなその素振《そぶ》りを、私はまるで理解できなかったが、振り回された炎の先端が私に触れた瞬間、その意味を唐突《とうとつ》に思い知った。

沈着としていた私の思考は止まり、その代わりに今まで体験したこともないような凄《すさ》まじい感覚が頭を埋め尽くす。


『熱い』


熱い熱い熱い熱い熱い。

激しく瞬くようなその鋭い感覚に、私は大いに混乱する。

一体これは何だ⁉

痛い！

熱い！

理解できない、苦痛だ、耐えられない！

炎に照らされた眼前の生き物は、目を大きく見開き、その目線の先に確実に私を捉《とら》えていた。

激痛《げきつう》で埋め尽くされた脳内に、ゾクッという気持ちの悪い感覚が走る。

私が慌《あわ》てて身を引くと、振り上げられた炎は私に二撃目を浴《あ》びせることなく、空中に橙色の線を走らせた。

なんとか更に距離を置こうと必死に身をよじるが、焼かれたその場所がジクジクと痛み、身体に力が入らない。

この苦痛の波からは、逃げられない。それを知った私は、生まれて初めて「恐怖」というものを覚えた。

どうしてだ。

今まで、炎に焼かれるなんてことは無かったはず。

それどころか、何かと接触することすらなかったというのに、これはどういうことだ。

必死に思考を巡らせるが、新しくこの身に染《し》み付いた「恐怖」という感覚は、どうにも思考を妨害する。

生き物は私が飛び退《の》いたことに驚いたような態度をとったものの、再び炎を私めがけ突き出してくる。

今すぐにこの場から逃げ出そうともがくも、ダメだ。

あまりの出来事に思考も身体も追いつかない。

私は、ただ、私に痛みを与え続けようとするこいつらに対して、恐怖に震えることしかできなかった。

怖い、なんなんだこいつらは。私をどうしようというのだ。

生き物が他の何かを襲う？　一体どういう意味が……


『……私を食おうとしている？』


そう考えた瞬間、私の頭はいよいよ恐怖で埋め尽くされた。

この世で生き物が他の生き物を襲う理由。

往々にしてそれは『補食』だ。

自らが生きるために、他の生命を喰《く》らう。

そうだ、そんなことは知っているのだ。

では、私も強者に食われる他の生き物の様にこいつらに食われて死ぬのか？

きっとそうなのだろう。

現にこいつらは退こうとしている私を執拗《しつよう》に責《せ》め立てているのだから。

あぁ、こいつらは私を殺すのだ。

喰われるのかもしれない。

死ぬ？

死ぬとどうなる？

考えることもできなくなるのか？


不意に火を持った生き物は、不思議な形をした鉱物を取り出した。

チャポチャポと、中には何か液体が入っているようだ。

生き物は躊躇《ためら》いもなくその中身を私めがけ振り撒《ま》く。

次の瞬間、生き物の手にした炎は勢いよく私に燃え移った。

視界を覆《おお》うほどの炎に焼かれ、体中から激痛が走る。

振り払おうにも、恐怖に強張った身体はまるで動くことを拒否するかのように、言うことを聞かない。

『熱い。痛い。死にたくない。死にたくない。死にたくない！』

そんなことばかりが頭に浮かぶ。

あまりの痛みにガタガタと身体は震え、いよいよ「終わり」を覚悟したその瞬間、発せられ続けていたその生き物の鳴き声に私は耳を疑った。

「殺してやる！　この化《ば》け物《もの》め！」

轟《とどろ》く鳴き声に、今までと変わった様子はなかった。

しかし私の頭には、ただただこの眼前の生き物の主張が、そういう意味を持って鳴り響いたのだ。

だが、そんな新しい感覚を理解しようとしたところで、疎《うと》ましいとさえ感じた「意識」は既《すで》に少しずつ遠のき始めていた。

視界が眩《くら》み、徐々に暗くなっていく。それに合わせる様に身を焼く激痛も、恐怖も、少しずつ和《やわ》らいでいく様に感じた。

あらがう術もなく、何も見えず、いよいよ消えそうになる意識の中、ただただ生き物たちの鳴き声が頭に響く。

「……どうした⁉　何があった！」

「蛇《へび》だ！　畜生《ちくしょう》、いてぇ……ウヨウヨいやがる！　気をつけろ！」


なにを騒いでいるのだこいつらは。

蛇とはなんのことだ？

蛇という言葉の意味は解らなかったが、その存在に、やつらは恐怖の感情を露《あらわ》にしているようだ。

それだけは、なんなく理解することができた。


「引き上げるぞ！」


ほどなくして遠くにいた一匹がそう叫び、ジャリジャリと地面蹴《け》る音が聞こえる。

どうやら勢いよく走り出したようだ。

しかし、なぜ突然に駆け出すのだ。

こいつらはそれほどまでに、蛇という存在に恐怖しているのだろうか。

依然《いぜん》として何一つ見ることはできなかったが、その分、響く音が何を表しているのか明確に理解することができた。

残りの数匹もその後を追うかのように、バタバタと足音を響かせている。出口に向かっているようだ。

どうかこのまま去ってくれ。私は、ひたにそう祈る。

慌てる様に離れていくやつらの足音が途絶《とだ》えてからも、残した音の余韻《よいん》はワンワンと岩肌に反射し、しばらくの間鳴り響いていた。

とりあえず、どういう訳かあいつらが去ったことによって、なんとか命を取《と》り留《と》めたようだ。

いや、どうなのだろう。

依然として周りは見えず、既に痛みもない。

もしかすると、既にわたしは死んでしまったのかもしれない。

そんなこと思っていると、足音も消えた静寂《せ》の暗闇の中で「ドクン」と、何かが脈打《みゃくう》つ音が聞こえた。

外から聞こえるのではない。そう、まるで内側から鳴っているかのような……

『……いっ!?』

突如、焼かれた部分がズキンと痛んだ。脳を貫《つらぬ》くような鋭利《えいり》な感覚に、思わず声が漏《も》れる。

それに合わせるように視界が戻り、うつろだった頭もグルグルと回り始めた。

慌ててあたりを見回すも、湖の畔《ほとり》には既に先ほどの生き物の姿はない。

やはり、逃げ出したということで間違いはないようだ。

私はようやく安堵したが、内側で鳴っている「ドクンドクン」という音に合わせ、激しい痛みは次々に身体へと送り込まれていた。

痛み……恐怖に繋《つな》がる、どうにも受け入れがたい感覚だ。

さっきのやつらの様子を見るに、恐らくやつらにもこの感覚が宿っているのだろう。

「痛み」は「恐怖」を生む。

皮肉なものだが、痛いほどによく理解できた。

断続的に続く痛みの感覚は、この様子だとすぐに消える物ではないのだろう。だが「痛み」こそ残ったものの、死ぬことに比べればどうということではないと感じた。

自分の身がこれほどまでに大事だったとは、自分でも驚きだ。

徐々に頭が正常に働きだし、自然と今起きた出来事を回想《かいそう》し始める。

あいつらは……あの「火を持った生き物」は一体なんだったのだろう。

間違いなく、あいつらは明確な殺意《さつい》をもって私を殺そうとしていた。

思い返せば思い返すほど、恐ろしい生き物だ。

私にとってあいつらが『強者』なのだろうか。

惨《みじ》めにも、再びガタガタと身体が震えだす。

『恐怖』、こんな感覚は知りたくもなかった。

早々に忘れ去りたいが、随分《ずいぶん》と根元まで染み付いたこの感覚は、そう簡単に忘れられそうもない。

……そうか。今までに眺めてきた、生物が死の瞬間に浮かべるあの表情は、これによるものだったのか。

先ほど体感した、自分の全てが永久に奪われてしまうような感覚。底なしの暗闇に落ちていく感覚。

この世界では、こんな絶望的なことが、日々数えきれないほど繰り返していたのだ。

そう考えると、この世界が途端に恐ろしく思えた。

なんだ。私は自分どころか、この世界のことすら上《うわ》っ面《つら》しか知らなかったのではないか。自身に起きる変化というのは、これほどまでに世界の見え方を変えさせるものなのだ。

私は達観《たつかん》していた自身の無知さを思い知ると同時に、なにやら自身がやっとこの世界に組み込まれたような感覚になっていた。

何かを恐れるなど、今までは考えもしなかったことだ。私自身に起きたこのとてつもない変化に、今は身を任せてみよう。

……そういえば最後、あいつらは「蛇」と叫んで何かに恐怖していたが、あれはなんだったのだろう。

気になった私がふと、あいつらが立っていたところに目をやると、そこにはウゾウゾと何かが蠢《うごめ》いていた。

細長い触手に似た夥しい量の黒い「何か」が、絡《から》み合い、地べたを這《は》いずり回っている。

『ひっ……！』

それを認識した途端、再び頭は一気に混乱した。

恐怖というのは、一度覚えると思い返してしまうものらしい。つくづく厄介《やっかい》だ。

あれが先ほど火を持った生き物を恐《おそ》れ戦《おのの》かせた「蛇」なのか？　どうやら複数匹いるようだが、まさかこいつらも私を……？

私は再び身の危険を案じて震えだしたが、「蛇」という存在の一匹であろうそれは、構《かま》わずニョロニョロと私の目の前に近づいてきた。

どうやら、私は生き物に認識されるような姿へ変化をしてしまったようだ。

それはわかるが、私には他の生き物に対抗する術《すべ》が全くない。

もしまた襲われたとしても、どうすることもできないだろう。

迫り来る恐怖から、たまらず逃げ出そうと身体に力を込める。

が、相変《あいか》わらず身体がうまく動かなかった。

まるで身体の動かし方が全く解らなくなってしまったかの様に、込めたつもりの力は働かず、何処《どこ》かへと消え去っていってしまう。

それでもなお、逃げ出そうと私はビクビクと身体を動かすも、既《すで》に蛇は、襲えば確実に私を仕留《しと》められるであろう距離にまで近づいていた。

「わ……あ、こ、殺すな！」

慌てふためいた私は思わず鳴き声を発した。

その言葉は石壁の空洞内に反射し、何度も何度も反響《はんきょう》する。

鳴き声を出すなど当然初めてのことで、私は自分自身が発したというのに驚きでビクン！　と身体がこわばらせてしまった。

そんな自分がなぜだか異様に恥ずかしく思え、頭の中が一層《いっそう》グジャグジャと混乱する。

殺すな。

私はそういった意味の鳴き声を発したつもりだったが、蛇に対してそれが伝わるのだろうか。

「蛇」はピタリと動くのを止め、舌をチロチロと出したかと思うと、徐《おもむろ》に語り始めた。

「先ほど人間を襲ったのは、奴らが私たちの住処《すみか》を荒らす、とても厄介な生き物だからだ。あなたを殺す理由はない」

蛇のその意思を、私ははっきりと理解することができた。

殺しはしない、と確かにそう言ったようだ。

蛇のその意思を聞いてか聞かずか、蠢いていた他の蛇たちは、散り散りに何処かへと消えていった。

こいつらは恐らくこの洞窟を住処にしているのだろう。

私が考え事をしている間に、奴らが生まれ、繁殖《はんしょく》するほどの時間が経ったということか。

ふいに、「蛇」と意識を交換することができたのが嬉しかったせいか、その敵意のなさに安心したせいか、なぜだかじんわりと目のあたりが熱くなってきた。

「なんだ、泣いているのか？」

「……泣く？　なんだそれは」

「あぁ、解らないか。……そうかそうか、なにも知らないんだな」

蛇はそういってグルグルと身体を巻いたかと思うと、舌をチロチロと二度ほど出してみせる。

私はなぜだか、蛇の言葉の「私がなにも知らない」という部分に憤《いきどお》りを覚えた。

「そんなことはない。私はお前らよりも遥かに長くこの世界を見続けているのだぞ。大抵のことは知っている」

つい、先ほど知らないことだらけだと自分で思い知ったばかりだというのに、私はそんなことを口走ってしまった。

頭にはじわじわと後悔《こうかい》の念が渦巻《うずま》き始める。正直に自分が無知だと話せばよいものを、なぜ大きく言ってしまったのだろうか。

「では、あなたは一体何者だ？」

案の定、蛇の投げかけに私はギクリとすることになった。

こいつ、知ってか知らずか、私自身の一番解っていないところを的確につついてくる。意地の悪いやつめ、などと胸中にネチネチとした感情を渦巻かせたところで状況が変わるはずもなく、ここは正直に答えることにした。

「……そ、それは解らん。知りたいと思っていたところだ」

いきなり解らんではよっぽど格好がつかなかったが、こう答える他ない。

あぁ、下手に知っているなどと宣《のたま》うと、ろくなことにならん。今後下手《へた》な発言は控えるべきだろう。

蛇は私の回答に対して、端的《たんてき》に「なるほど」と返した。

どうもそれが見下されている様に思えて、私はまたもカチンときたが、続けて蛇が語りだしたので押し黙る。

「いや、すまない。あなたが私たちの言葉を使うものだから気になってね。それにしても自分のことが知りたいとは変な生き物だ」

蛇のその言葉は、聞き取ることができたものの、意味を理解することができなかった。

自分のことを知ろうとしているのが『変』？

なんのことだかさっぱりだ。

「お前は一体何の話をしている。お前は私が一体何なのかを知っているのか？」

そう訪ねると蛇は「さぁ。私には検討もつかないね」と、相変わらずこちらを嘲《あざけ》る様にチロチロ、と舌を出した。そして蛇は思いついた様に続ける。

「あぁ、人間ならあるいは導いてくれるかもしれない。奴らもまた、自分を理解しようとする生き物だから、あなたにとっての「鏡」になってくれるのではないかな」

人間とはなんだ？　と少々考えたところで、蛇が言う「人間」が先ほど私を襲った生き物を指しているのだと気がつき、私は堪《たま》らず憤慨《ふんがい》した。

「あんなやつらまた会えというのか？　さっき私は殺されかけたのだぞ!?　よりにもよってそんなやつらが私について何かを教えてくれるわけ……」

そこまで言ったところで、ふとあいつらが私に向けて口走った一言を思い出し、私はハッとして口を止める。

「……化け物」

そうだ、あいつらは私を「化け物」と呼んでいた。

私のことを迷いなくそう呼んだということは、人間は私のことについて、何かを知っているのかもしれない。

だが……

「……確かにあいつらは私を知っているような口ぶりをしていたが、私は殺されかけもしたのだ。また出くわしたところで、襲われてしまっては敵わん」

そう、襲われるのは怖いのだ。

生き物たちが必死にそれを避けようとすることに手放《てばな》しで納得できるほどの、とてつもない恐怖なのだ。

「そうか。どうするかはあなたが決めると良い。何かを知ることができるのはあなた自身だけなのだから」

「うぅ……どうしろというのだ」

人間に再び会わなければ、私は自身が何者なのかを知ることが叶《かな》わない。

かといって人間に会ったところで襲われてしまっては、それこそ本末転倒《ほんまつてんとう》だ。

悶々と考え込む私を見かねてか、蛇はゆっくりと問いかけてきた。

「ふむ。では、あなたはなぜ人間に襲われると考える」

「……それは種族が違うからだろう。今まで見てきた生き物もそうだった」

「では、どうすれば襲われないか」

「どうすれば？　それは……、同じ容姿の同族ならば襲わないのではないか？」

少し考えて私がそういうと、蛇はグイッと首を振り、恐らく「湖を見ろ」という意味であろう指示を出した。

「……ん？　自分の姿を見ろというのか？　そんなことになんの意味がある」

私の問いかけに、蛇は返事を返さず、「良いから」という雰囲気でただただ指示を繰り返す。

「なんなのだ一体……」

私はそう言って渋々身体を動かそうとするも、やはりどうにも身体が動かしにくい。

「くっ……こっちもこっちでなんなのだ……」

しかし、慌てふためいていた先ほどよりも幾分《いくぶん》かましの様で、少しずつではあるが、なんとか移動することができた。

一体なぜ、私はこんなことをしているのだろうか。

蛇の指示に対する不満が頭の中に滲《し》み出す。

大体湖に姿を映したところで、どうせ先ほども見た影のような自分の姿が映るだけではないか。そんなことを再確認してどうする。

これで何も得《う》る物がなければ、あの蛇どうしてやろう。

あ、いや、蛇は強いのだった。どうしようもない。

ズルズルと身体をひきずり、やっとの思いで湖の畔に辿り着いた。

こんな少しの距離を移動しただけで、とてつもない倦怠感《けんたいかん》だ。

今までこんなことはなかったというのに、本当にどうしたというのだろう。

そんなことを考えながら湖を覗《のぞ》き込んだ私だったが、目の前に広がった予想外の光景に言葉を失《うしな》った。

淡く照らされた翠緑《すいりょく》の水面に、薄橙《うすだいだい》色の生き物が一匹。

それは紛《まぎ》れもない人間の姿だった。

突然の出来事に身体はガクンと震え、堪《たま》らず「うわっ！」と声が漏《も》れる。

しかし、湖に映り込んだ人間はこちらを襲ってくる気配もなく、何とも形容しがたい表情で、私と同じ様に飛び跳ねたのだった。

ふと我に返り恐る恐る眺めてみる。

少し考えてみると、さすがの私もこの状況がどういうことを表しているのか、理解することができた。

「こいつ……私か⁉」

黒い影のようだった私の姿は、どういう訳か「人間」によく似た姿で、水面に映し出されていた。

先ほどの人間に比べると何処《どこ》か頼りなく、小さな体つきをしているものの、この形、間違いようもない。

奴らが纏《まと》っていた毛皮のようなものは纏ってはいないが、身体の作りはほぼ人間のそれだ。

「な、な……！」

ここ最近混乱してばかりだったが、例に違《たが》わず私は大いに混乱する。

こうぽんぽんと異様なことが起こるのだから、当然だ。

そんな私の心情に合わせる様に水面に映る私も口をポカンと開け、何ともいえない表情を浮かべていた。

あぁ、混乱すると私はこういう顔をするのか。と一人納得《なっとく》してしまう。

腕に力を込めると、水面に映った私も連動する様に腕を動した。

そのままペタペタと二本の腕で身体をいじり回してみると、手のひらと触った部位がそれぞれに、「そこに私の身体がある」という意味の情報を、頭に伝えてくれる。

この身体が宿したほのかな熱は、炎とはまた全く別の暖《あたた》かみがあった。

触れてみると少しずつ自分の身体の存在が、実感として頭に湧いてくる。まるで意識したことで、ようやく全身の感覚が働き出したかの様だ。

無意識に出した声は、この喉から出たのか。

そして移動はこの足を使ったのだとすると、あれだけ動きにくかったことにも頷《うなず》ける。

興味の湧くままに黙々と自分の身体を撫で回していると、注視していた水面に、スッと先ほどの蛇の姿が映り込んだ。

「あなたは先ほどからそんな姿をしていたのだが、その様子だと気づいていなかったようだな」

蛇の問いかけに、私は相変わらず身体を撫でくり回しながら「……今さっき初めて気がついた」と返し、とりあえず手をおさめた。

「いよいよ自分が理解できん。本当に私はどうなっているのだ」

私がそう問いかけると、蛇は「さぁ、それも私には解らんな。少なくとも、あなたのような生き物は今まで見たことがない」と答えた。

私がここで考え事をしている間にどんな生き物が増えたのかは知らないが、蛇の見た限りに私のような生き物はいないということか。

「身体」や「会話」など手に入れたものは多いが、それをもってしても今すぐに答えが出るということではなさそうだ。

しかしこいつ、思わせぶりなことを言う割には案外《あんがい》使えない奴だな。などと思っていると「ただ」と蛇は再び語りだそうとした。

胸中を読まれたのかと一瞬ギクッとするも、私は冷静に「なんだ」と返す。

「あなたはどうも不思議だ。何も無かった場所から突然に現れ、様々に姿形を変え、他の生物の言葉を理解する。私には、あなたがまるで今から「なにか」になろうとしているように見えるがね」

「私が私になろうとしている？　訳のわからんことを言うな。私は私だ。それを知ろうとしているのだ」

私がそう言うと蛇はチロチロと舌を見せ「いやいや、わかったよ。ただの戯《ざ》れ言《ごと》さ、忘れてくれて良い」と引き下がる。

「では、そろそろ私は住処《すみか》に戻るとするよ。あなたのような面白い生き物に出会えて、楽しめた」

「行くのか。いろいろとすまなかったな」

蛇は私のその言葉に「たいしたことはしていないさ」と答え、何処かへとその姿を消した。

静寂《せいじゃく》の中に、私だけがただただ取り残される。

湖の水面は、変わらず人間を模《も》したような私の姿を写し続けていた。

「……人間」

再び腕を持ち上げ、拳《こぶし》を何度か握ってみる。

身体がまともに動かせる様になるまで、この感じだとそう時間はかからないはずだ。

少なくとも、この場所にいては本当に知りたいことは何一つも理解できぬということには、気がついた。

「襲われぬと良いのだが……」

恐らく私はこのあとこの洞窟を出て、人間に会いにいくことになるのだろう。

それが何を意味するのか正直今はまだわからないが、やつらのいう「化け物」という言葉の真意《しんい》を確かめなければ、どうにもこの好奇心に収まりがつかない。

「……それにしても細い身体だ。もうちょっと強そうな見た目でも良かったではないか」


外の世界はどうなっているだろうか。

少なくとも、冬ではないとありがたい。

なにせ、やけに静かで面白みがないのだ。

どうせなら変化に富《と》む夏だといいのだが、どうだろうか。


私は少々の期待と多大な不安を胸に、よろめきながら、洞窟の出口へと足を進め始めた。

チルドレンレコードⅢ

「……あの先生、きっとエイリアンだよね。何言ってるか全然わかんないもん」

アヤノは周《まわ》りを見回したかと思うと、ヒソヒソとそう言った。


外は快晴。

うだるような暑さに蝉《せみ》の声、なんていうわざとらしさに満《み》ち溢《あふ》れた、真夏日だ。

教室の一番後ろ、窓際の席に浅く腰掛《こしか》けながら、アヤノはチラチラと俺の反応を伺《うかが》っている。

「あぁ、はいはい」

また面倒くさいのが始まったな、と俺が適当に返事を返すと、アヤノはがっくりと肩を落として机に突《つ》っ伏《ぷ》した。

「あう。シンタローは今日も冷たいねぇ」

「お前がつまんねぇこと言うからだ。なにがエイリアンだよ、単にお前が授業理解できてないだけだろ」

「そ、そうなんだけどさ」

パラパラと教科書をめくってみても、対して難解《なんかい》なことなど書いていない。

大体《だいたい》こいつは頭が悪すぎるんだ。この程度の授業理解しないやつの方がエイリアンだろうが。

「バカなやつほど人のせいにするってことか。つ～かお前、前のテストも赤点だったんだろ？　このままだと夏休み補習なんじゃねえのか？　大体お前は……」

いつもならこれくらい言うと「ごめんなさい、馬鹿でした。許してください」だのと言ってくるはずなのだが、今日は結構粘《けっこうねば》るな。

なんてことを思いながら見てみると、アヤノはいつの間にか突っ伏すのをやめ、じっとりとこちらを睨《にら》みつけていた。

普段温厚極《おんこうきわ》まりないアヤノの珍しい表情に、俺はたまらずたじろぐ。

「な、なんだよ、怒ってんのか？」

恐る恐る聞くと、アヤノは俺の問いかけに答えもせず、淡々《たんたん》と語りだした。

「私にはそんなこと言うけど、シンタローは知ってるんだよ？　頭が良《い》いからって勉強もしないでインターネットエッチなサイトばっかり観《み》てるの。昨日だって観てたんでしよ？」

余《あま》りにも予想外の、そしてやけにボリュームの大きいアヤノの言葉に心臓が飛び跳ねた。

俺の頭は瞬時に「なんでこいつそんなこと知ってんだよ。いやあり得ねえ。こいつを部屋に呼んだ覚えもない。大体、履歴《りれき》も消してるし監視カメラでもない限り……」と、高速で処理を始める。

こういう時の、脳内の現状処理速度の速さはどこからくるものなのだろうか。

少なくとも未だ例を見ないほどの速度で、俺の脳みそは優秀な言い訳を叩き出した。

脳の指令を受け、即座に俺の喉は準備された言い訳を発射しようとする。いける。完璧だ。

「は、はぁ!? なな、なに訳わかんねぇこと言ってんだよ！　そ、そんなん全然観てねぇよ！　エロとか興味ねえよ！　生まれてこのかた観たことねぇよ！」

しかし準備された言い訳はほぼ活用されず、代わりに極上《ごくじょう》に胡散臭《うさんくさ》い言い訳が口から飛び出した。

自分ですら感じるそのあまりの嘘《うそ》くささに、身体からはダラダラといやな汗が噴《ふ》き出し、案の上返ってきた「ふ～ん」という言葉が、さらにそれを加速させた。

次の瞬間、アヤノは俺に軽蔑《けいべつ》の眼差《まなざ》しを向けたままガタンと大きな音を立て、立ち上がった。

そのまま俺の目の前に中腰になり、グイッと顔を近づける。

「嘘ばっかり、全部聞いてるんだよ？」

そう言い放ったアヤノの長い黒髪から、その距離の近さもあって、必要以上にシャンプーの匂いが漂ってきた。

俺の優秀な脳みそもその匂《にお》いにあてられたのか、一気に使用不能《ふのう》状態にまで追い込まれる。

いやいや、それにしても聞いているなんてあり得ない。履歴も残っていないはずだ。そこらへんに関しては抜かりない。絶対の自信を持っている。

「き、聞いてるって誰にだよ！　っていうか近けぇよお前！」

必死にそう叫ぶも、あまりにアヤノとの距離が近い事もあり、声も大して張れなければ顔も合わせられなかった。

「誰にって……」

そういってアヤノはにやりと笑い、徐々に俺の耳元に顔を近づける。

いよいよ強烈なシャンプーの匂いが立ちこめ、俺はもうガチガチに硬直《こうちょく》してしまっていた。

ダメだ、こいつが何をしたいのかもう全《まった》く理解ができない。もはや手を失った俺は、ぎゅっと目を瞑《つむ》るしかなかった。

そんな緊迫感を吹き飛ばす様に、アヤノは耳元でこうつぶやいた。

「……私のこと忘れちゃったんですか？　ご主人」

「……ってエネかよ⁉」

目を開くと、そこにはエネどころかアヤノの姿もなかった。

先ほどまで広がっていた教室の風景すらも、綺麗《きれい》さっぱり消え去ってしまっている。

その替わりにそこには配管の駆《か》け巡《めぐ》る天井、そこからぶら下がる裸電球、そしてタオルで頭を拭きながら見下ろすキドの姿があった。

「エネじゃない。キドだ」

風呂上がりなのか、Tシャツ姿のキドはシャンプーの匂いを漂《ただよ》わせながら、ムッとした表情を浮かべた。

「……お、おう。わりぃ」

「どんな夢を見ていたのか知らんが、もう朝だ。そろそろ起きろ」

そう言うとキドは頭をガシガシ拭きながら、玄関の方に向かって歩いていった。

ボーッと天井を眺めていると、玄関の方ではキドが「ほら、朝だ。起きろ。なんてとこで寝てんだ」と声を荒《あら》げている。

いきなり玄関に向かった時は、「濡《ぬ》れた髪のままTシャツで外出とは随分不用心《ずいぶんぶようじん》なもんだ」とは思っていたが、なるほど、そう言うことか。

案の定「え、あ、ここどこ？」という間の抜けたコノハの声が聞こえてきた。あいつもソファで寝てたはずだが、一体どんな寝相《ねぞう》をしてるんだ。

こいつらと関わってから三日目の朝。

時計を見ると時刻は午前九時になるところだった。

普段は一睡《いっすい》につき十四時間ほどの時間を消費する俺だが、よその家というのもあって二度寝をするのも決まりが悪い。

とりあえず起き上がろうと身体に力を入れた瞬間、両ももにピキッと鈍痛《どんつう》が走った。咄《とっ》嗟《さ》に「あッ……」っと声が漏れ、再びソファに倒れ込む。

即座に「なに変な声出してるんだお前……」と訝《いぶか》しげなキドの声が飛んできたが、明らかに引いているのが解り、聞こえないフリを決め込んだ。

そりゃあそうだ。昨日、一昨日とあれだけ歩き回ったのだから、当然この細足には相当な負担がかかってくる。

「あの程度で……」と一瞬自分の不甲斐《ふがい》なさに絶望してしまいそうになるが、ここで嘆《なげ》いてもしょうがない。

丁度《ちょうど》、漫画とかで言うところの「自分のポテンシャル以上の力を使ったあとに現れる謎代償《なぞだいしょう》」と考えるのだ。

そう、まさに主人公にのみ許された興奮設定。全く、つくづく俺は主人公気質《きしつ》な男だ。たまらない。

そうやっていつもの様に、アニメや漫画によって蓄《たくわ》えた知識を脳内に充満させていくも、回りだした頭は当然、先ほどまで見ていた夢のことを思い出し始める。

アヤノ。

あいつのことは今までに何度も夢に見てきたが、ここ数日やけに頻繁《ひんぱん》に見る様になった。

この暑さがそうさせているのだろうか。それとも誰かと親密《しんみつ》になることを、自ら自然と拒否しているのだろうか。

思えば、エネが来た時もそうだった。

あいつが俺の生活に入り込もうとし始めた時、俺は毎夜の様にアヤノの夢を見た。

そういえば一度、そんな夢を見ている時にエネに無理矢理《むりやり》起こされ、喧嘩になったこともあったはずだ。

それこそいつもの戯《たわむ》れ合《あ》いのような感じではなく、俺も本気で怒鳴り散らし、あいつも珍しく声を荒げていたが……あの時はどんな言い合いをしたんだったたが。

深夜で相当眠かったということもあり、余り覚えていないのはそのせいだろう。

なんにせよ朝、目を覚まして急に申し訳なくなった俺は、エネに平謝りをしたのだ。

エネが随分と偉そうに「童貞《どうてい》いじめてもなんか虚《むな》しいので許してあげます」だのと言っていたのは鮮明に覚えている。

そういうところこそ忘れれば良いものを……、随分自虐的《ずいぶんじぎゃくてき》な頭だと、自分でも呆れてしまうところだ。

そんなことを考えていると、ふいにキッチンの方から水の流れる音が聞こえた。続けて冷蔵庫を開ける音が聞こえたところで、俺はそれが朝飯の準備の事だと気がつく。

「あぁ、悪いななんか。手伝うぜ」

そう言って再び身体を起こす。先ほど痛んだ部位に力をかけないよう慎重《しんちょう》に起きると、痛みもなく、いうほど重大な筋肉痛でもなさそうだった。

「ん？　シンタロー、お前料理できるのか？」

キドはガチャガチャと食器を濯《すす》ぎながらそう問いかけてきた。「あぁ、もちろんだ」と返したいところではあるが、当然料理なんてまともに作った試しがない。

劇薬《げきやく》並に味は悪いが、モモの方がまだ試みようとするだけマシだろう。

そう思える位に俺には料理スキルがなかった。

「あぁ、そうか。じゃあ座ってろ」

キドはピシャッとそう言うと、黙々と皿を濯ぎ続けた。

じんわりと、自分の必要なさに対しての切《せつ》なさが、心に渦巻き始める。

ニートは「誰かに必要とされている」と思い続けないと死んでしまう、繊細《せんさい》な生き物なのだ。

幸いこの部屋には、玄関で盛大に二度寝を始めた男がいることもあって、いささか気は楽だった。

それどころか、他の連中だって全く起きてこないのだ。わざわざ俺が出る幕でもないだろう。

キドの母親気質も手伝ってか随分と甘えてしまって申し訳ないが、もう少々のんびりさせてもらうことにしよう。

朝飯はなんだろうか。

気分的にはベーコンエッグやソーセージと言った普通の朝食が食べたいところだ。

というか、これはとんでもないことなんじゃないか？

女の子と一つ屋根の下で夜を明かし朝ご飯を作ってもらえるだと？

おいおいおい、来たぜ。来ちゃいましたよ、おい。

……。

……いや、やめよう。そう思いたいところではあるが、やはりそうも言っていられない。

この胸のつっかかりが解《と》けなければ、とても朝飯など喰う気にもなれないだろう。

ここにいるのは俺とキドだけ。

直接聞くなら今だ。

俺は立ち上がり、台所へと向かう。

台所に立つキドは、昨日と同じエプロン姿に髪を後ろで一つにまとめ、丁度フライパンに火をかけ始めたところだった。

俺が「ちょっと良《い》いか」と訪《たず》ねると、キドはなれた手つきでフライパンに卵を落としながら「なんだ、座ってろと言っただろう」と背中越しに返した。

座っていたいところではあるが、そういうわけにもいかない。

俺はなるべく角《かど》が立たないよう気にかけながら、口を開いた。

「昨日、夜中にな。カノが帰ってきた気がしたんだが……。お前は気づいてたか？」

「カノが？　いや、俺は全然気がつかなかったな」

キドはそう返しながらカチャカチャと卵を箸でかき混ぜる。

スクランブルエッグか、と内心が横道に逸《そ》れそうになるも、俺はそのまま話を続けた。

「なぁ、アイツ……ええとカノは、俺のこと嫌ってたりするか？　お前になんか言ってたりとかはしてないかな」

そう、俺がずっと引っかかっているのは、昨日の深夜にあったカノとの一件についてだ。

いきなり夜中に現れたかと思ったらモモの姿をして俺を騙《だま》そうとし、あげくアヤノの姿に化《ば》けて何処かへと消えてしまった。

疲れていたこともあり、変な夢でも見たんだと、今でもそう思っている。

そもそも話してもいないのだからカノがアヤノのことを知っているはずはないし、床に踞《うずくま》っていた俺が朝起きればソファで眠っていたというのも、どうにも現実味のない話だ。

ただ、そんなことを理解した上ですら、気持ち悪いほどにリアルな夢だった。

キドにこんなことを聞くのは気分のいいことではないが、なにか一つ、夢だと割り切れる確証が欲しかった。

俺の問いかけにキドはピタッと箸《はし》を止め、こちらを振り返った。

「昨日アイツになにか言われたのか？」

そう言いながらキドは後ろ手にコンロの火も止め、箸を持ったまま腕を組む。

俺の口ぶりから片手間に聞く話ではないと察したのか、キドは少々不安げな表情を浮かべていた。

「い、いやぁ。そう言う訳じゃねぇんだ。やけにリアルな夢を見ちまったのかも知れねぇってくらいのもんでさ。そもそもあいつ、人の心読めたりなんてしないよな？」

「あぁ、カノはそんなことはできない。それにカノはお前のことを大層《たいそう》気に入っている様子だったし、お前のことが気に喰《く》わないなんてことはないと思うんだが……」

キドはそう言うと目線を下げ、寂《さみ》しげな表情を浮かべた。

その様子を見る限り、嘘を言っている感じはしない。

そもそも、一緒に住んでいるやつが知らないような能力を、カノが持っているなんてことはないだろうし、あのおちゃらけたヤツがあんなことをするとも、やはり思えない。

結局、最近頻繁に見る夢の一つだったのだろう。そう思うと、心の荷がすっと降りた様だった。

「あ、あいつはあんな調子だから、その……煩わしくて気に喰わないところもあるかも知れんが、根は良いやつなんだ。あんまり嫌わないでやってほしい……」

キドはそう言うとみるからにしょんぼりとした表情を浮かべ、再び目線を落とした。

「だああ！　そんなんじゃねぇんだって！　なんか昨日の晩疲れてたのか悪い夢見ちまったみたいでさ。大体、妹まで世話してくれてんだ。嫌ったりなんかしねぇさ」

俺がそう言うと、キドは表情を明るくし「そ、そうか。なら良かった」と言って小さく笑った。

エプロン＋スクランブルエッグの香り＋笑顔のコンボに溜《た》まらず胸が締め付けられる。そこらへんの童貞だったら一発で消し飛ぶほどの女子力《じょしりょく》だ。こいつ、侮《あなど》れない。

「……ま、まぁ、邪魔して悪かったな。とりあえず、朝飯頼むよ。片付けはやるからさ」

「おう、任せておけ。料理は得意なんだ」

そう言って再び調理を始めるキド、振り返り様にニッと見せたその笑顔＋ポニーテール＋料理得意アピールの波状攻撃《はじょうこうげき》で、流石《さすが》にエリート童貞の俺もグラリと何かが揺れ動きそうになるが、なんとか踏みとどまった。

とりあえずソファに戻り、朝飯を待つとしよう。

いやしかし、やはり話してみるものだ。一人で抱え込んでいた悩みも大方《おおかた》消え去り、グルグルと腹も鳴り始めた。

キドが朝飯を作るまで、しょうがないからエネでもかまってやろうか。

めずらしくそんなことを考えながらソファに辿《たど》り着くと、そこには白い、羊の親玉のようなモコモコが居座《いすわ》っていた。

俺の携帯を片手に持ち、もう片方の手で必死にそれをツンツンつついている。

「……なにやってんだマリー」

俺がそう言うと、マリーはハッとしてこちらを振り返った。

薄いピンクの瞳に、対照的な白い肌。フワフワとしたフリル付きのパジャマを着たその姿は、いよいよ人形じみている。

寝起きのせいか普段からモコモコしている髪は、通常よりも一層《いっそう》モサモサと乱れていた。

友好的なのか、見下《みくだ》しているのか、マリーは既《すで》に俺に一切の警戒心も抱いていないようだ。できれば友好的の方向であってほしい。

「シンタロー……なんかあの青い女の子出てこないんだけど」

そう言って悪びれる様子もなく、再び手にした携帯をつつき始める。

「エネが？　どれ、貸してみ」

そう言ってマリーから携帯を受け取り、電源ボタンを何度か押してみるも反応がない。

「……あ、そういえば昨日から充電してねぇや」

思えばこの携帯は昨日一日、エネの大騒ぎに付き合ったのだ。きっとエネルギーを消費し尽《つ》くしたのだろう、かわいそうに。

充電器《じゅうでんき》なんて気の効《き》いたものは持ち合わせていないが、昨日あれだけ充電がもったということは、一昨日の段階でこの家の誰かが充電してくれたのだろう。

大方、モモが誰かに頼んで充電器を貸してもらったというところだろうか。

「し、死んだの……？」

マリーが怯えながらにとんでもないことを聞いてくるが、アイツは充電切れで死ぬような玉じゃないだろう。

「いや、こんくらいじゃ死なねえと思うぞ。充電すりゃあ復活すんだろ」

「じゅうでん？」

「え？　いや、コンセントに差して電気を中に貯《た》めてってやらねえと、動かなくなっちまうんだ」

俺がそういうとマリーは「あの子変なもの食べるんだね～」と感心した様子で目を輝かせた。

おい、なんだこの無垢《むく》で純粋《じゅんすい》な生き物は。いかん、目覚める。

沸々《ふつふつ》とわき上がる邪悪《じゃあく》なスケベ心を不屈《ふくつ》の精神で鎮《しず》め、俺はそんな素振《そぶ》りを一切見せずにマリーに問いかける。

「マリー。充電器の場所知らないか？　キドとかいつも充電してるだろ？」

「う～ん……あ、あの紐《ひも》みたいなやつのこと？」

マリーは少し考え、ハッと思い出した様にそういった。まぁ紐と充電器とじゃかなりの違いはあるが、おそらく合っているだろう。

「あぁ、そうそう。それ持ってきてくれねぇか」

「うん、わかった！」

そう言うとマリーは立ち上がり、パタパタとソファの裏手にある戸棚の方へ向かった。

やけに古い本から胡散臭《うさんくさ》い陶器《とうき》、レトロなおもちゃなどが乱雑《らんざつ》に飾られたこの戸棚は、いったい誰の趣味によって形成されたものなのだろうか。

勝手なイメージだと、なんとなくキドのような気もするが、意外とカノの方がこういったことには積極的な気がする。

そんな胡散臭い棚をゆらゆらと危なっかしく揺らし、「紐～紐～」と口ずさみながらに引き出しを引っ掻《か》き回すマリー。なんだ、あの守ってやりたくなる生き物は。

可憐《かれん》でいて純真《じゅんしん》。まさにそんな言葉がぴったり当てはまるような娘だ。

ギャーギャーノシノシと重戦車《じゅうせんしゃ》のような妹に比べて、なんと女の子らしいことか。

……いや、いかん。余りにも童貞すぎるぞ俺。見境無《みさかいな》しか。

余りにも女の子との交流がないせいで、ちょっとしたことでぐらつくような男になってしまっている。

エリート童貞として、これは非常によくない。

賢者《けんじゃ》の心を取り戻さなくては。

それにしても、マリーはなかなか手こずっているようだ。さっきまでは元気に紐の歌を口ずさんでいたが、今は一転、小さなうなり声をあげている。

「お～い、みつからんかったら無理に探さなくても良いぞ？　むしろあいつ復活したらうるせぇしこのままでも全然……」

俺がそう言いかけると、マリーは振り返りムッとした表情を浮かべた。

「そんなこと言ったらかわいそうでしょ！」

そう言われた俺は情けなくビクッと肩を揺らした。こんな小さな女の子にさえ怯えるのかと、我ながら自分の肝の小ささに飽きれてしまう。

しかし、マリーも会った当初はビクビクとしていたものだが、昨日の今日で大分強くものを言ってくる様になった。

少し心を開いてくれたのだろうか。そう思うと、正直悪い気はしない。

「一人ぼっちは寂しいもん。きっとあの子もそう」

マリーは頰《ほお》を膨《ふく》らませたまま、再びゴソゴソと戸棚を漁《あさ》り始める。

あの様子だと、エネも随分と気に入ってもらえたらしい。普段は確かに気に喰わないヤツだが、これに関しては同様に悪い気はしなかった。

そもそも、エネを見ても大して驚かないということ自体が、相当おかしなことなのだ。

普通の人ならば「この子はどうやって動いている」だの「開発者はだれだ」だの言い出すだろう。

俺だっていきなりエネを目の当たりにしたら、そうなる自信がある。

しかし、こいつらのような「自分自身の方がよっぽど摩訶不思議《まかふしぎ》な連中」にとってみると、そんなことはいちいち言及《げんきゅう》することでもないのか、随分《ずいぶん》とフレンドリーだ。

そう考えてみると、今の状況は随分とありがたいもののように感じる。

「良かったな、お前」

俺は小さくそう言って、電源の落ちた携帯を指で撫《な》でた。

どこから来たのかもわからないが、いつの間にかエネに対して随分と愛着《あいちゃく》が湧《わ》いてしまったようだ。

一人きりだったあの部屋にこいつが現れたおかげで、もしかすると俺は大層救われていたのかもしれない。

こうやってここの連中と出会い、打《う》ち解《と》けることができたのも、ある意味こいつのおかげだ。

「シンタロー あったよ！　じゅうでんき！　ちょっとまってね、奥の方に……」

顔を上げると、マリーは戸棚の奥に手を突っ込み、見つけた充電器を引っ張りだそうとしているところだった。

棚が揺れることによって、並べられたコレクションがカタカタと音を立てる。

「お、おいマリー気をつけろよ。ゆっくりでいいからな」

「ん。大丈夫大丈夫……よいしょ」

そう言ってマリーがスポッと手を抜くと、その手には充電器のケーブルが握られていた。

本当に何の変哲《へんてつ》もないただ紐が出てきたらどうしたものかと思っていたが、どうやらマリーの言う紐は大正解だったようだ。

「おお！　それだよそれ。ありがとうな」

俺がそう言うとマリーは「えへへ」と照れくさそうな顔を浮かべた。

うむ、かわいい。

マリーがそれを握りしめパタパタと戻ってこようとしたところで、丁度台所からキドが朝食の皿を持って現れた。

「飯で来たぞ～……って、おぉ、マリー起きてたのか。ちゃんと自分で起きられて偉いぞ」

「うん！　あ、シンタローにも褒めてもらったんだよ。じゅうでんきみつけたの」

そう言ってマリーが嬉しそうに充電器を掲げると、ソファが死角になって見えていなかったコードの先端部分に、何か帯状のものが絡まっていた。

最初それが一体なんなのかわからなかったが、それの正体に気づいた瞬間ぎょっとする。

それと同時にキドは「ひぃっ！」と高い声をあげ、俺がマリーに注目していた一瞬の間に、スッと消えてしまった。

「あれ、なんだろうこれ、引っかかってた」

マリーはそう言うと充電器の先に絡《から》まっていた帯を手づかみし、マジマジと眺め始める。

「お、お前それ蛇の抜《ぬ》け殻《がら》だろ⁉　なんだってそんなもん置いてあるんだよ」

「え、なんでって……なんでだろう？　カノがどっかから持ってきたとか……ってうわぁ！　キド、どうしたの？　泣いてるの？」

そう言うとマリーは突如として空間に向かって話し始めた。そうか、マリーにはキドの姿が見えているのか。

キドの「目を隠す」能力は、任意で周囲の自分に対する認識を極限まで薄くすることができる、便利な能力だ。

しかし、消える瞬間は対象の目線が自分から外れていなくてはいけないという条件があるらしく、キドから目を逸らしていなかったマリーには、変わらずキドの姿が見えているようだった。

「ご、ごめんねキド、大丈夫……？　おなかいたいの？」

平然《へいぜん》と蛇の抜け殻を握りしめたまま、キドを案ずるマリー。

その様子から、依然《いぜん》としてキドの姿を認識することはできないものの、大方どういう状況になっているのかが容易に想像できた。

「ま、マリー。多分キドはその抜け殻が嫌なんじゃないか？」

「これが？　う〜ん、キド、そうなの？　……そうなの。わかった、しまってくる」

そういってマリーは再びパタパタと戸棚に戻り、大きめのオート三輪の模型の裏に、蛇の抜け殻を隠す様にしまった。

恐らくキドがそうするように言ったのだろう。マリーはどうにもわかっていないのか「へんなの」と小さくつぶやいた。

「おいキド、大丈夫か？」

何もない空間に向かってそう声をかけてみるも、返事はない。大方涙目になって震えている姿を見られたくないのだろう。

案《あん》の定《じょう》、抜け殻をしまい終えて戻ってきたマリーが「もうちょっとって言ってるよ」と通訳して俺に戻した。

昨日のお化け屋敷でもそうだったが、キドは「なぜこいつが団長なのか」と疑問に思うほどに、ビビリ性《しょう》だ。

いや、俺もビビリに関してはかなり腕に自信のある方だが、恐らくキドは俺よりも相当ハイスペックなビビリだろう。

しょうがないので、とりあえずマリーから充電器を受け取り、携帯の充電を始めるなどしながらキドの帰りを待つ。

マリーと共《とも》に座って待っていると、数分ほど経《た》ったあたりで突如《とつじょ》何もない空間からキドが現れた。

若干目が赤くなっているのは能力のせいではないだろう。

「ま、待たせたな。さぁ飯にしようか」

そう言うキドのぎこちない笑顔には既に色々と手遅れ感があったが、あまり気にしてもかわいそうなので「そうだな」とだけ返す。

そこからキドの何度かの運搬によって、机にはあっという間に朝食メニューが勢揃《せいぞろ》いした。

並べられたのはスクランブルエッグ、鮭《さけ》の塩焼《しおや》き、焼き海苔《のり》に納豆《なっとう》など「これぞまさに」と言わんばかりに朝食らしいメニューのフルコースだ。

「神々《こうごう》しいほどに庶民《しょみん》的だな……」

「ん？　うちはいつもこんな感じだぞ」

キドはサイドテーブルに置いた炊飯ジャーからご飯をよそいながら、そう答えた。

これだけ雰囲気のあるアジトの中心で、これだけ庶民的な朝食を、毎日あのメンバーで食っているというのか。

思わず想像すると、それはなかなかに異様な光景に思えた。

せめて洋風ならまだしも、などとは思うが、キド特製のみそ汁の香りがそんな小さな疑問を吹き飛ばす様に食欲を誘う。

一刻も早く胃に流し込みたい衝動《しょうどう》にかられるも、ふと、茶碗《ちゃわん》の数が四つしか準備されていないことに気がついた。

ピッタリ、現在この部屋にいる四人の分だけだ。未《いま》だ居間に現れていないセト、モモ、ヒビヤの分がない。

「あれ。なぁ、あいつらって起こしてこなくても良いのか？　流石《さすが》に起きてこなかったから飯抜きってのはかわいそうじゃ……」

「あぁ、モモ達か？　あいつらならもう出かけたみたいだぞ」

そう言ってキドは茶碗を机に置き、ポケットから取り出した二つ折りの紙を「ほれ」と言いながら俺に手渡した。

一体なんなんだ、と思いつつその紙を開いてみると、そこには何処かの壁画に掘られた象形文字のようなものが殴り書きされていた。

一瞬俺は「暗号？」と勘《かん》ぐってしまったが、一番下にかろうじて読める「モモ」というサインをみつけ、この不気味なメッセージが妹の手によって制作されたものだということに気がついた。

「あいつ字きたなっ……」

思わずそんな言葉が口から漏れる。

それに合わせる様にキドからも「そのレベルは流石にヤバいと思うが……芸術的と解釈してやろう」とフォローが入った。

モモの字だと気がつけば、そのメッセージは案外スラスラと読めた。

概《おおむ》ねの内容は「ヒビヤくんと『ヒヨリちゃん』という女の子を探してきます。何かあったら連絡しますが、晩ご飯には戻ります」というものだった。

「ヒヨリってヒビヤが言ってた女の子のことか。にしても探しにいくにしたって随分早い時間に出たな……」

「あいつらは昨日相当早く寝たからな。それに、ヒビヤを看病《かんびょう》していたセトも出てしまってるし、一人にしておけなかったんだろう」

そういってすくっと立ち上がったキドは、スタスタと玄関へ向かった。大方、未だに惰《だ》眠《みん》を貪《むさぼ》っているあいつをなんとかしようというのだろう。

「おい、いつまで寝てるんだ。起きろ」

「うん……うん大丈夫……」

コノハのあのぐずぐずとルーズな返事の返し方は、完璧に朝がダメなヤツのそれだ。

なまじ起きないヤツよりも、起きずに無意識に返事を返すやつの方がよっぽどタチが悪いと相場は決まっている。

これは少々めんどくさそうか、と玄関の方を眺めていると、予想に反してキドの「飯だぞ」の一言で、コノハはガバッと起き上がった。

「おはよう」

「あぁ、おはよう。ほら、席につけ。飯を食うぞ」

そう言って戻ってくるキドとコノハ。キドはマリーと並ぶ様に座り、コノハは俺の横に腰《こし》掛《か》けた。

「セトもいないんだったよな」

「アイツはバイトだそうだ。メールが来ていた」

「ってことはこれで全員だよな？」

「あぁ、そういうことになるな」

先ほどからゴロゴロと鳴り続けている胃袋も、もう押さえつけるのが限界だ。箸を手に取り、手を合わせる。

「いただきます！」

四人同時にそう言うと、各々《おのおの》思い思いの料理を口に運び始めた。中でもコノハは寝起きだというのに、凄《すさ》まじい勢いで飯をかき込んでいく。

しかし魚、卵、みそ汁とシンプルな料理ばかりだが、それでもつまらなく感じさせないというのは、キドの料理の腕だろうか。

この味付けの薄さも、キドらしいといえばキドらしい。

「おかわりってしてもいいのかな」

コノハはそう言うとキドに茶碗をスッと突き出した。茶碗の中には既に米の一粒すら残ってはいない。

朝食開始から僅《わず》か一分足らずで起きたその出来事に、我が目を疑う。どんな消化器官をしているんだこいつは。

「お、もちろんだ。たらふく食え」

キドは大層嬉しそうに茶碗を受け取ると、さきほどの盛りの二倍近い大盛りを茶碗によそった。

それをコノハに渡しながらに「どうだ、堪《たま》らんだろう」というような表情で不敵《ふてき》に笑うキド。

そんな大盛り茶碗を前にして、普段は無表情のコノハも、うっとりとした表情を浮かべた。巧《うま》く切り取れば少女漫画にできそうなワンシーンだ。

まぁ、随分と騒がしいが、こんな風に大勢で朝食を食べるというのも悪くない。

健康的なメニューも手伝ってか、随分と気持ちのいい朝だ。

そんなことを考えながらみそ汁をすすっていると、ふとマリーが鮭の皮を剝《は》がそうとしているのに気がついた。

確かに普通は食わないところだが……あ、モモはムシャムシャ食うか。なら、普通は食わない部分だ。

それにしたってやけに丁寧《ていねい》に剝がしている。

あまりに恐る恐る丁寧に剝がしているものだから一体何かと思って見守っていると、綺麗に剝がし終えたマリーは満足そうに箸で皮を持ち上げ、俺の目の前に突き出した。

「シンタローみてみて。さっきの蛇の皮みたい」

いきなりのマリーの発言に、横で米を頰張《ほおば》っていたキドが「うっ……」と悲痛なうめき声を漏らす。

先ほどあれだけ酷い目にあった矢先のこれだと流石に堪《こた》えるだろうが、マリーには全く悪意はなさそうだった。

「お、おいマリー。あんまり食事中にそういうことはだな……」

なんと言っていいのか、俺が柔らかいニュアンスでとりあえずやめるよう促《うなが》すと、キドは「うんうん」と首を大きく縦に振った。

「う～上手にとれたのに」

そういってマリーは鮭の皮を皿に戻すと、箸を置いてしょんぼりと俯《うつむ》いてしまった。

しかし、爬虫類《はちゅうるい》なんて見ただけで失神してしまいそうな雰囲気を醸《かも》し出しているのに、どうやらこの子はそういう神経は図太《ずぶと》いらしい。

多少子供っぽいにしても、女の子ならあんまり得意なものでは……いや、モモは「カメレオン飼って良い？」とか言ってたっけな。なら、普通の子は得意ではないだろう。

「マリーはそういうの、全然平気なんだな。女の子なのに」

俺がそう言うと、キドは納豆をかき混ぜながら「まぁ、そうだろうな」と呟いた。

「なんせマリーはここに来るまで、山の中で一人で生活してたんだ。蛇で驚いていたらどうしようもないだろう」

キドは「特におかしなことでもないだろ」と言わんばかりの口調でそう言ったが、流石に突っ込んでしまう。

「マリーが一人で山ぁ⁉　なんだってまた。大体両親とかって……」

俺がそう言った途端、マリーはビクッと肩を震わせ、膝の上で拳をぎゅっと握りしめた。

あまり聞いてはいけないことだったのだろうか。軽はずみなことを口走ってしまった。

胸中にじわじわと後悔の念が渦巻き始め、俺が謝ろうと口を開きかけた瞬間、マリーはゆっくりと話し始めた。

「ちっちゃいころお父さんが死んじゃって、そのあとはお母さんと二人だったの。でも私がお母さんの言いつけを破って外に出ちゃった時に、そこに怖い人たちがいて、多分《たぶん》お母さんをどっかにつれていっちゃったの」

「そ、それってどういう……？」

「えっと、お父さんは違うんだけど私もお母さんも生まれた時から目が真っ赤で、お母さんは『私たちは絵本の中に出てくるメデューサなんだよ』って言ってた。『外にいる人は自分たちとは違う私たちを怖がるから』って。だからきっとお母さんは私に外に出ちゃダメだよって言ってたのに、私……」

マリーのその話に部屋はシンと静まり返る。アレだけ勢い良く食事を敢行《かんこう》していたコノハも、手を止めてマリーの話に聞き入っていた。

一人で生活、というのはそう言うことだったのか。

話を聞いた感じだと恐らく、マリーの家族は周囲の人間に何らかの迫害《はくがい》を受けていたのだろう。

それこそそのまま「メデューサ」と呼ばれていたのかも知れない。

実際キドに聞いた話だと、マリーは「目を合わせた人間の動きを一時的に止める」能力を持っている。

それは到底《とうてい》普通の人間では持ち得《え》ない能力だろうし、それが大衆《たいしゅう》に知られたのだとしたら、畏怖《いふ》されるのも理解できる。

「マリー……お前、ちゃんと話してくれたのは初めてじゃないか」

そう言ったのはキドだった。

マリーの話を聞いて、驚いていたのはどうやら俺だけではなかったらしい。

「う、うん。なんだかお友達が増えて安心したのかも。今はちゃんと話してもそんなに怖くならないみたい」

そう言ってマリーは儚《はかな》げに笑った。

そうか、マリーはまだここに来て日が浅いと聞いたが、この様子だと自分の身の上をあまり話していなかったのだろう。

「そうか。それにしてもお前の母さん、失踪届《しっそうとどけ》は……出していないだろうな。クソっ……」

キドはそう言って、その怒り表情に表した。キドも恐らく俺と同じことを考えているのだろう。

そう、「赤い目」という話を聞くに、マリーの母親もきっとなんらかの能力者だったのだ。

そしてマリーが外に出た時に攫《さら》われたということは、現にマリーがここにいる以上、外にいた人間からマリーを守った。つまり「身代わりになった」と考えるのが、妥当《だとう》だ。

ただ物騒な話、「殺された」というのなら話は別だが、「連れて行かれた」という部分から、それがただの防衛的な行為ではなかったということが汲《く》み取れる。

奇怪なものは時に人の好奇心をくすぐる。

これは邪推かも知れないが、つまり、マリーの母親はそう言ったもので利益を得ようとする、澱《よど》んだ考えの人間に連れて行かれてしまったのではないだろうか。

そう考えると、腹の奥にムカムカと嫌悪感《けんおかん》がわいてくるのを感じた。

少なくともマリーの家族は自分たちの幸せを守ろうと、たった二人だけで暮らしていたのだ。

それに対して救いの手を差し伸べるどころか、あまつさえ引き裂くなんてことが許されるはずもない。

「なんだってそんなひでぇことすんだよ……」

口から溢《あふ》れた言葉は、そのままの今の気持ちだった。

どう考えたところで理解ができない。ここに来るまでの間、マリーは誰に甘えることもできず、たった一人で生きてきたのだ。

先ほどマリーがエネを思って言った「一人ぼっちは寂しい」という言葉には、どれほどの意味がこもっていたのだろうか。

行き場のない気持ちが、胸をしめつけていく。

「せめて、何か自分にできることはないだろうか」と考えも巡らせてみるも、自分の無力にただただ押しつぶされそうになるだけだった。

「連れて行ったヤツの顔は覚えてないのか？　なにか特徴の一つでも良い」

「……あんまり思い出せない。すごい前のことだし、その時私も殴《なぐ》られて気絶《きぜつ》しちゃって、顔もよく見れなかったんだ。それで気づいたらお母さんもその人達もいなくなってて……」

マリーは困ったような、申し訳ないような顔でそういった。暴力まで受けて、更には幼《よう》

少期《しょうき》の頃の話だとするなら、それも無理はないだろう。

「そうか……。せめて何年前のことだったかだけでもわからないか？」

「うんと……百回以上夏を数えたから、多分百年くらい前のことだと思う。そのあと数えるの忘れちゃったから、もっとかも知れないけど……」

マリーはなんとか思い出そうとしてか、うんうん唸《うな》りながらそう答える。

そうか、百年も昔のことなら、流石に思い出すことも困難だろう。数年前というならまだしも……

『百年⁉』

その言葉は全く同じタイミングでキドと俺の口から飛び出した。

百年？

いや、そんなことはまずあり得ない。

目の前の少女が「百歳いってます」と言ったところで百人中百人が「かわいいなぁ」と笑うだろう。

俺とキドの同時突っ込みにマリーは「ひいい！　ごめんなさい！」と肩をすくめた。

「じょ、冗談だろ？　いくらなんでも百年とか……お前の見た目でそんな……」

「ほ、本当だもん！　ちゃんと数は教えてもらったもん！　あ、でもお母さんに歳を聞いた時『歳の話はやめなさい』って怒られたから、自分の歳とかも数えてなくてわからないけど……」

マリーは酷《ひど》く憤慨《ふんがい》した様子でそう言うが、流石に簡単に「わかった信じよう」とも言えないレベルの話だ。

しかし、かといって簡単に否定もできないのは、目の前に透明人間がいるというこの奇妙な状況のせいだろうか。

当のキドも「いや、そういう能力ってことも……」と頭を悩ませている。

百年以上生きる能力。マリーの能力は「不老不死《ふろうふし》」だということだろうか。

いや、流石に馬鹿《ばか》げている。

そんな能力あり得るのだろうか……。

ふと、昨日のキドが能力を手に入れたときの話が頭をよぎった。

カノ、セト、モモも同様に「臨死体験《りんしたいけん》」をした直後、能力に目覚めたという。

昨日のヒビヤの様子を見るにヒビヤも同様と考えて間違いないだろう。

ただ、マリーだけは生まれた時から能力を持っているると言っているのだ。明らかに他のやつらと能力の生まれ方が異なる。

「なぁ、マリー。生まれた時からその能力を持っていたのか？」

「え？　うん、そうだよ。ちっちゃい頃からずっとお母さんに『使っちゃダメだよ』って言われてたけど」

やはり、どうにも不可解《ふかかい》な話だ。

昨日の話で概《おおむ》ね能力の生まれ方には見当《けんとう》がついてきたはずだったのだが、マリーだけが特殊すぎて、頭がこんがらがってしまう。

「あの世界」には行かずに最初から能力を持っていたということ。

そして母親も能力者だったということ。

そして「百年生きているメデューサ」だということ……

途方《とほう》もないファンタジックな話だったが、ただ、この世界にそんな摩訶不思議なことがそういくつもあるだろうか。

俺にはキド達に起こった事件を含めたこの不可解な現象の全てが、百年以上に跨《また》がっている「一つのなにか」に思えてしょうがなかった。

もし仮にそうだとすると、このマリーの話を解き明かすことが、大きな答えに近づく一歩になり得るのではないだろうか。

しかし、マリーの母親を探すにしても「百年前に失踪したこの子のお母さんを探しています」と警察に届けを出すなんてことをしたところで、まぁ無駄足になるだろう。

かと言ってマリーの記憶を頼るにしても、どうにも曖昧《あいまい》な部分が多そうだ。どうしたものか……

「あの……思ったんだけど」

各自問々《かくじもんもん》と悩んでいると、突如コノハが小さく手を挙げた。

「お、おう。なんだ」

予想外の人間からの発言に、キドは若干驚いた様子を見せる。

コノハは相変わらず感情の読み取れない表情のまま、ゆっくりと意見を言い始めた。

「大したことじゃないかも知れないんだけど、その子のお家に行ってみるのはダメなのかな？」

「え？」

俺とキドはポカンとした顔を浮かべる。

「あ、だから、その子のお家に行ってみるのはダメなのかなって。あ、その子のお家っていうのはここじゃなくて、前に住んでたっていうところのことで、ええと……」

「「それだっ！」」

話の着地点をつかめずに狼狽《ろうばい》し始めたコノハの口を遮《さえぎ》る様に、俺とキドは再び同時のタイミングでそう言った。

考えてみればそうだ。

マリーの母親が自分たちを「メデューサ」だと言っていたとするならば、能力に関してある程度の認識を持っていたことに、間違いないだろう。

なにかの答えではないにしろ、少なくとも能力に関する情報がマリーの家にはあるかも知れない。

「行ってみる価値はありそうだな。シンタロー、どう思う」

「っていうかそれしかねぇって感じだな。もしかすると、この一連の現象の答えになるもんがあるかも知れねぇ」

俺がそう言うと、コノハはハッとして「そ、それってヒヨリを助けることに繋がるかも知れない？」と息を荒げた。

「一概《いちがい》にはなんとも言えねぇが……もしかするとヒントくらいはみつかるかもな」

俺がそう言うと、コノハは明らかに真剣な表情になった。

そういえばこいつは昨日ヒビヤに散々言われていたんだった。

ヒヨリという子を助けられなかったとヒビヤは言っていたが、こいつはそれを顔に出さないだけで、相当強く感じているのかもしれない。

「行くなら、出ようか。マリー、お前の家、少し見せてもらっても大丈夫か？」

キドは立ち上がりながらそう言う。

マリーは「皆なら全然だいじょうぶ」とニッコリ笑ってみせた。

「うし。そうと決まれば片付けだな。キドばっか働かせっぱなしってのも悪いし、俺がやっ……」

そんなことを言いながら立ち上がろうとした俺は、すっかり足が筋肉痛になっていることを忘れてしまっていた。

走った鈍痛をこれ以上悪化させないために、中腰《ちゆうごし》のまま動きを止める。

キドはそれに気づいたのかニヤリと意地悪な表情を浮かべ、「じゃあ、俺は準備をしてくる。頼りにしてるぞシンタロー」と言い放《はな》って、自分の部屋へと帰っていった。


ちょっとまて。

勢いでこんなことになってしまったが、俺は重大な事を見逃してしまっていた。

そんな一抹《いちまつ》の不安は、すぐに恐ろしい事実として、その姿を露《あらわ》にする。

「な、なぁマリー。お前の家ってどんなところだったっけ……？」

恐る恐るマリーに訪ねてみるとマリーは嬉しそうに「ここからちょっと遠くの森の奥にあるの！　駅から歩いて二時間くらい？」と答えた。

それを聞き、俺は足から床に崩れ落ちた。

二時間⁉

いやいやいや、無理だろう。ただでさえ体力はない方だというのに、連日でどれだけ歩けば良いってんだ。


中止。

よし、中止だ。

今すぐキドに言って……

「今日もお出かけだね！　よろしくね、シンタロー。あ、あの子も一緒だね。楽しみ！」

そう言って満面の笑みを見せるマリー。

この笑顔を前にして、今更《いまさら》中止だと言えるヤツがこの世にいるだろうか。

「お、おう、楽しみだす……」

引きつりそうになる顔のままで、そう言った俺は、とりあえずソファに座り込んだ。

マリーに言われて思いだしたが、そういえば携帯を充電していたのだった。

ソファ脇に設置された電源タップから携帯を外すと、既に充電は満タンに近かった。しかし、電源を付けたところで俺は違和感に気がつく。

「……え？」

画面の中にエネの姿が見当たらない。

試しに振ってみたり「お〜い」と声をかけたりしてみるも、現れることはなかった。

恐らくモモの携帯にでも遊びにいっているんだろう。

以前にパソコンごと床に落としても消えなかったやつだし、これくらいで消えるはずがない。

俺はそう解釈して、ポケットに携帯をしまい込んだ。


ふぅ、と息を吐き、目の前のテーブルを見渡す。

とりあえずはこれを片付け、そこからのハイキングが今日の主なメニューか。なかなかに先が思いやられるが、御託を言っても始まらないだろう。


それにしてもここ数日の流れは、まるで俺を真人間《まにんげん》に更正《こうせい》するためのカリキュラムのようだ。

いや、もしかして本当に誰かの差し金なのではないか。

誰かの運命を操《あやつ》ることができる能力を持っているヤツがいて……

そんなことを考えていると、堪《たま》らず口元がニヤけてしまう。

なんとも摩訶不思議な状況だ。

体感しなければ「そんな突飛な話があるか」と、鼻で笑ってしまうだろう。

ただ、そんな状況を解き明かしたいと、密《ひそ》かに熱意を燃やしている自分が今ここいるのだ。

誰かのために。

そんなことは、きっと何かの罪滅《つみほろ》ぼしにはならないだろう。

それでも今、俺にできることがあるとするなら、足を踏み込んでみるべきなんじゃないか。

そんなことを考えながら、俺は綺麗《きれい》に完食された朝食の後始末を始めたのだった。

「だから、入れないのならその男を呼べと言っているだろう」

レンガ作りの古びた正門の周《まわ》りには、見物だろうか、少しずつ人が集まり始めていた。人が集まる時に生まれるザワザワと品のない空気。相変わらずこの雰囲気は大嫌いだ。奥に構《かま》える荘厳《そうごん》な屋敷《やしき》の窓からも、数人の使用人であろう人間がこちらを見下《みお》ろしているのが見て取れた。

「いや、だからね、お嬢ちゃん。いきなりそんなことを言われたところで、はいそうですかという訳にはいかないんだよ」

眼前に立つ見栄《みば》えだけは一丁前《いっちょうまえ》の貧相《ひんそう》な男は、明らかに私を小馬鹿《こばか》にした態度でニヤニヤと薄ら笑いを浮かべていた。

「じゃあどうすればいいのだ。良いか？　私はあいつのせいで酷《ひど》い目にあったのだぞ。私のことについて詳しく知っていると言うから黙って言いなりになっていれば、結局訳《わけ》の解《わか》らん奴らに引き渡されて、さんざん好き勝手にされたあげくに鉛玉《なまりだま》まで喰らったのだ」

本当になんなのだ？　こいつは。

この煮え切らない態度にはほとほとイライラさせられる。

大体、ここに戻ってくるために馬車で来た道を何週間もかけて歩いたというのに、なんでこんな扱いまで受けねばならんのだ。

「あっはっは。嬢ちゃんねぇ……鉛玉を喰らったのなら、なおさらここにお嬢ちゃんがいるわけないでしょ」

「は？　何を言っている。現に私はここにいるだろう」

私がそう言うと、貧相な男は一呼吸を置いてゲラゲラと笑い出した。それに釣られるように、周囲に集まっていた人間の中からもクスクスと笑い声が聞こえてくる。

私の胸中《きょうちゅう》は、いよいよ苛立《いらだ》ちの炎が燃え盛り始めた。

この生き物はどうしてこう、私の神経を逆撫《さかな》でするようなやつばかりなのだ。

いっそのこと早々にここを立ち去ろうかとも考えたが、それでは全《すべ》てが無駄足《むだあし》になってしまう。

とにもかくにもあの肥《こ》えた男から、さっさと「私に関すること」について聞かねば、どうにも腹の虫が収まらない。

「おい、いつまでもこんなことを続けるのなら勝手に入らせてもらうぞ。大体お前はなんなのだ。私は別にお前と話がしたい訳じゃ……」

いよいよこいつを除けて屋敷に乗り込んでやろうかと息を巻いていると、その屋敷の二階部分の窓から、例の男が覗《のぞ》いていることに気がついた。

どうやら私が戻ってきたことに、相当怯《そうとうおび》えているようだ。

窓から覗くその表情からは、恐怖の色が在《あ》り在《あ》りと滲《にじ》み出ている。

私が来ていることに気がついているのにも関わらず、高みの見物を決め込んでいる男の姿に、私の憤《いきどお》りはついに沸点《ふってん》を迎えた。

「あの男……ッ！」

私が勢いよく正門の鉄柵に手をかけると、貧相な男は「やめなさい！　いい加減にしないと、ただごとじゃすまなくなるぞ！」と叫び散らした。

「……お前、まだ『ただごと』で済むと思っているのか？」

私の怒りはとっくに頂点《ちょうてん》に達していた。

もはや目の前の貧相な男の口から溢《あふ》れる言葉に、それを止めることなどできようはずもない。

しかし、どうやらこの男は自身で直接私を止めるつもりなど毛頭《もうとう》なかったようだ。

既《すで》に正門前の道を埋め尽くすほどに溢れていた人ごみの中から、鉄製の剣を携《たずさ》えた数人の男がずいっと現れた。

「こうしたくはなかったんだけどねぇ。お嬢ちゃんがあんまりにも言うことを聞かないから、こうなったんだからね？　さ、もう諦《あきら》めて……ひぃッ……」

なるほど、そういうことか。本当に腐りきっている。

瞬間、男を睨《にら》みつけた自らの両目が、ドクンドクンとしきりに熱を帯び始める。

私と目が合ったそいつの眼球は、ピクピクと数秒ほど動いた後ピタリとその動きを止め、直後その身体も静かに動きを止めた。

私は続いて群衆に向き直る。

どいつもこいつもキョトンとした表情を浮かべ、まるで自分の置かれている状況が理解できていないようだ。

「おい、お前。その男に何をした」

そんなことを言いながら、一人の男は携えた刀剣に手をかけ、じりじりと私に近づき始めた。

『剣』

あれは、他を殺すことを目的に人間が作った物だ。

振る者が振れば肉は弾《はじ》け、骨は砕《くだ》け散る。

そう、私はあそこを出て以来、言葉の通り痛いほどにそれを理解した。

この世が既にこいつらの巨大な住処《すみか》になっていることも、こいつらがどれだけ愚《おろ》かな生き物なのかも、概《おおむ》ね知り得ている。

「答えないのであれば、反抗の意思とみなし粛正《しゅくせい》するぞ！」

あぁ、本当に呆れてしまう。私は何故《なぜ》、未《いま》だにこいつらに「なにか」を期待しているのだろうか。


目を瞑《つむ》り、視界を暗闇で満たす。

これを使うのはいつぶりだったか。

確か、どこぞの教会で「神」とやらのフリをさせられた時が最後だったはずだ。結局あの時も、終《つい》ぞ何も得《う》るものはなかったが。

いや、それは違うか。

いつも決まって、こいつらから得る物は『軽蔑心《けいべつしん》』と『失望《しつぼう》』だ。

それだと言うのに、今回もまた下らない希望を抱いてしまった。

目を開くと、そこには剣を振りかぶった男の姿があった。

私の命を奪おうというのだろう。どいつもこいつもそればかりだ。

「目を『奪う』」


私がそう呟《つぶや》いた瞬間に男はピタリと動きを止めた。

それと同時に男の背後に集る群衆からも、ざわつきの一切が消え去った。

当然だ。今この場にいる全員と、私が目を『合わせて』いるのだから。

そこに並んだのは、一転して恐怖の色一色《いっしょく》となった人間の顔だった。こうなるとは思わなかったのだろう。哀《あわ》れで、愚《おろ》かで、救いようがない。

『なんなんだこいつ……』

剣を振りかぶった男のそんな思考が、ふと頭に流れ込んできた。

あぁ、この『盗む』ばかりは未だに制御ができないのが厄介だ。

なにせ、人間の思考は覗《のぞ》けば覗くほどに酷《ひど》く不愉快《ふゆかい》な気分になる。

例えば全員の頭の中を巧《うま》く覗いて回れるとするならば、大層都合《たいそうつごう》がいいだろう。

それこそ、そいつが嘘をついているのかそうでないのか、簡単に知ることができるのだから。

しかし、こいつらの頭の中はグジャグジャと下らない物で埋め尽くされている。よって「知りたいことだけ読み取ろう」なんてことは到底《とうてい》不可能だ。

広大に広がる生ゴミの中から、小さな小石を探し当てるような行為に近い。

動かなくなった男に、私は「お前らは化《ば》け物《もの》と呼ぶのであろう?」と語りかけたが、返事は返ってこなかった。


静寂《せいじゃく》。

いつもことが終わると訪れるのは、この静寂だ。

冷たい、冷たい、あの頃に似た静寂。私はこの静寂も、今となっては大嫌いだ。

ふと屋敷に目を向けると、窓の外を眺めていた肥えた男の姿は消え去っていた。

何処かから抜け出したのだろうか。

追いかけて脅せば何か話すかも知れんが、もうそんな気分にもなれなかった。

私はいつまでこんなことを続けなくてはならないのだろうか。

先のない暗闇を、光など存在しないと知りながら、黙々と進んでいるような気分だ。

そう、私はとうに解《わか》っていた。解っているのに進んでいたのだ。

『この世界に私のことを知る者など存在しない』

ただ、いつもそう考えるたびに、目からは涙が零《こぼ》れてくる。

「そんなのは嫌だ」と、理性的ではない言葉で頭が埋め尽くされていく。

だから、進むしかなかったのだ。

そうやっていないと、思考に押しつぶされて、自分が消えていってしまうような気さえするのだ。

しかし、私は終わることがない。

もう何度も死を経験したが、終わりに辿《たど》りつかないのだ。

眼前で固まり、動かなくなった男は、もうなにも考えていなかった。

静かに、ただただそこに在るだけだ。

いっそのことこうなってしまえば楽なのかも知れない。

何も考えず、ただただ在《あ》り続けるだけの存在に。

気づけば両目からは、涙がボロボロと溢《あふ》れ出していた。

止めることも効《き》かず、息すら巧く吸うことができない。

「う……あぁ、あ……！」

もし私を生み出した者がいるとするならば、早く現れてくれ。

そして、もう終わりにしてくれ。

*

そんなことを祈りながら、私は日が暮れるまで涙をこぼし続けた。

夏風が木々を揺らし、小鳥のさえずりが新緑《しんりょく》にこだまする。

昨晩降った雨のせいで、道は進むに酷《ひど》い状態だ。

一歩踏み込んでは泥道に足を取られを繰り返し、私はなかなか思った様に進むことができずにいた。

生い茂る木々によって、強烈な日差しは大分和らいではいるものの、身体に纏《まと》わりつく熱気が面白いように体力を奪っていく。

そう、こうして身体を手に入れ、様々《さまざま》な生き物に出会ってから気づいたことだが、私には圧倒的《あっとうてき》に「身体能力」というものが欠如《けつじょ》している。

少々歩いただけで汗は噴《ふ》き出るし、上り坂なんて進もうものなら身体の節々《ふしぶし》が悲鳴をあげる。

現に今も体中から汗が噴き出し、足なんて折れてしまいそうなほどだ。

それでもなんとかここまできたのだから、と足を進めるも、余《あま》りの辛《つら》さに先ほどから私の両目は涙をこぼし始めていた。

いや、辛いものは辛いのだ。痛いと涙も出るし、それは仕方のないことだ。

「もうちょっとのはずなのだが……」

先ほどから使っている『奪う』も、これほどまでに体力を削っている原因の一つなのかもしれない。

だがこれが道しるべである以上、それを解《と》くことはできなかった。

少なくとも前進はしているようで、みるみるうちに周りからは生き物の気配が薄れていく。

『奪う』は便利な力だ。

どんなやつがどこに注目しているのかがはっきり認識でき、それを強制的に自分に向けることもできる。

つまりこれを使えば、逆に「一番誰も注目していない場所」もわかるのだ。我ながら賢《かしこ》い使い方だと思う。

そう、私は最後に人間に裏切られたあの日に、誰にも気づかれぬ場所で一人静かに暮らそうと決めたのだ。

最初は洞窟《どうくつ》の中と考えたが、正直もう暗闇は嫌だった。

他に良《い》い場所はないかと色々と検討はしてみたものの、そもそも静かなところは暗い場所が多いということに気がつき、私は非常に憤慨《ふんがい》した。

だって暗いのは飽きたのだ。そこに籠《こも》るのなんてごめんだ。

しかし人間に蹂躙《じゅうりん》されてしまっているこの世界では、明るい場所で完璧に孤独《こどく》に暮らすなんてことは不可能に近いようなことだということも、理解していた。


そうして色々考えたあげくの案が、今のこれだ。

『凝《こ》らす』を使ってみつけた、この世で一番人に注目されないような場所。

以外にもそれは、随分《ずいぶん》明るいこんな森の中だった。

正直私も来るまで半信半疑《はんしんはんぎ》だったが、確かにその場所に向かうにつれて、生き物の気配がドンドン消えていく。

まるでそこだけぽっかりと穴が空いているように、誰の意識もそこへは向かない、不思議なところ。

まだ到着はしていないものの、その事実が明確になっただけで私はかなり満悦《まんえつ》だった。

何を隠そう、わざわざ海を渡るために船に乗り、その途中《とちゅう》、悶着《もんちゃく》を起こして船から投げ出され、泣きながらなんとかここまで泳いだのだ。

途中何度溺《おぼ》れたか解《わか》らん。それだけ苦労してここまで来て、もしこの場所が人間だらけだったりしようものなら、流石の私もこの森を焼け野原にしていたところだ。

進み続けていると、いよいよ道もなくなった小鳥のさえずりさえすらも聞こえなくなり始めたところで、視界の先には少々開けた場所が見えてきた。

一体どんな場所なのだろうか。

自然と早くなる足を勢いのままに進め、踏み込んだその空間の持っていた雰囲気に、私は溜《た》め息をついた。

まるで、この世の誰しもに忘れ去られてしまったかのように、ただ在《あ》り続けているだけの空間。

意識ある生物はここを避け、誰一人として気づこうともしない。

「ぴったりではないか……！」

私は久しぶりに胸が高鳴るのを感じた。予想していたよりもずっと静かで、明るくて、居心地《いごこち》が良い。

範囲はせいぜい家一軒分といったところだろうか。そのこじんまりとした雰囲気も、ますます気に入った。

短く茂る草を分け、空間の中心に立ってみる。無機質《むきしつ》な静寂《せいじゃく》とは違う、心地のいい静けさが耳に広がっていく。

「決めたぞ。今日からここが私の居場所だ」

思えばこの身体になって以来、私は定住などしたこともなかった。

まぁ、あちらこちらを宛《あて》もなく放浪し続けたのだから、当たり前と言えば当たり前か。

しかしそうと決まれば、住処が欲しい。ここに居続《いつづ》けるために、贅沢《ぜいたく》は言わないにしてもせめて屋根くらいは欲しいところだ。

なにせ雨に濡れると身体が冷えて、体中に悪寒《おかん》が走る。私はあれが大の苦手なのだ。

「屋根か。家……というのはこの身一つでは作りようもないだろうし、かと言って屋根だけというのも……」

丁度《ちょうど》この一定の空間の中に座れそうな石を見つけた私は、そこに腰掛《こしか》け、どうしたものかと頭をひねり始めた。

一人で暮らすのだから、そんな大きなものである必要はないとはいえ、風と、雨と、あとは日差し。こいつらを防ぐための何かは必要だ。

第一に、やはり日差しの防御《ぼうぎょ》だ。暑さにだけはどうあがいても敵《かな》わん。連戦連敗《れんせんれんぱい》だ。

となると、やはりある程度の資材が必要か。運ぶか？　いやいや、あり得ない。辛すぎる。しかし、暑いのも寒いのも、嫌だ。

そんなことをあれやこれやと考えていると、ふと、気温が随分《ずいぶん》下がっていることに気がついた。

いつの間にかすっかり夜になってしまったようだ。

考え事をしていると、どうも時間の感覚を忘れてしまう。

昔からどうもこの癖《くせ》だけは抜けなかった。

ハッと気がつくと何日も時間が経《た》っていることなんて、しょっちゅうだ。

自分の感覚の外で時間が経つというのは、自分だけが世界から取り残されているような気分になり、余《あま》り好きではなかった。

まぁ流石にかつてのように、考え事をしていたら世界がほぼほぼ塗り変わっていた、なんてことはもうないが。

しかし、いつまでも住処《すみか》のことで悩んでいても埒《らち》があかない。

できるなら避けて通りたいところではあるが、結局動かなくてはどうしようもないようだ。

「やるしかないということか……」

「やるってなにをだい？」

そりゃあ家を建てることをに決まっている。

まぁ、そこまで立派な物ではなくていいにしても、多少はゆったりできる程度の……

私はそこまで考えたところで勢い良く岩から転げ落ちた。

大慌《おおあわ》てで顔を上げると、今まで私が座っていた岩の真横に、白い髪をした男が立っている。歳の頃は人間でいうと十六かそこらだろうか。

随分と薄汚れた格好をしているが、この服装は恐らく私的なものではないだろう。兵士かなにかか。

が、しかしそんなことはどうでも良い。

今、私はなによりも、折角《せっかく》の居場所候補にずかずかと入り込まれ、驚かされたあげく、挙げ句の果てには盛大《せいだい》にずっこける痴態《ちたい》を見られたことへの憤りで、はらわたが煮えくり返りそうになっていた。

「お前……覚悟はできているんだろうな」

私は立ち上がり、指をポキポキと鳴らすと男に向かってそう凄《すご》んだ。

当然鳴らした指は一切使う予定もない。物理だと、私は人間の幼子《おさなご》にも敵わぬほどに脆弱《ぜいじゃく》なのだ。

「あ、驚かせちゃったかい？　ごめんごめん。いやぁ、なんか真剣に考え込んでるな～と思ったら、いきなり独り言《ひとりごと》を言うものだから面白くってつい……」

頭の緩《ゆる》みきった男の態度に、ワナワナと握り拳が震える。もちろんこの拳も使う予定などないのだが。

「なにが面白いだ、ふざけるな！　私は今、ここに自分の居場所を作ろうと必死なのだ！とっとと何処かへいけ！」

私はそう怒鳴ったが、そんな怒鳴り声を前にしても、男はポワッとした笑顔を崩さない。

「そっかそっか居場所作りかぁ。なにか手伝うことはあるかい？　僕でよければ何でも協力するよ！」

何を訳の解らんことを言っているのだ、こいつは。

私は今「何処かへいけ」と言ったよな。

いや、間違いなくそう言った。相当な敵意も込めたつもりだ。

だというのにこのヘラヘラしたこいつの態度は、一体なんだ？　理解に苦しむ。

「馬鹿なことを言うな。どうせ、なにか良からぬことを企んでいるのだろう。良いからとっとと消えろ」

今までにも、こうやって私に協力を申し出るヤツはごまんといたが、どいつもこいつも結局は私を利用しようと企《たくら》む奴らばかりだった。

大方こいつもそういう輩《やから》なのだろう。誰が信用できるか、こんなやつ。

「えぇ!? いやいや、そんなことないよ! 近くで君を眺《なが》めさせてもらえたら嬉しいなぁとは思うけれど、いきなりそんなやましいことだなんて、そんなとんでもない……」

男はそういうと、照れくさそうに頭をかいた。

なんだこいつは。いよいよ頭が何処かおかしいのではないだろうか。

どうもこいつの言動は、他を出し抜こうというには余りにも不格好すぎる。そうやって私の油断を誘おうというのだろうか。

それに「私を眺めていたい」とは一体どういう意味だ。

まぁ、それがどういう意味を持つにせよ、どうせこいつも今までの人間のように胡散臭《うさんくさ》い話を持ちかけてくるつもりなのだろう。

「信用できんな。今まで私は、そうやって騙され続けてきたのだ。今更《いまさら》信用しろという方がおかしな話であろう」

「う……。じゃあどうしたら信用してもらえるんだい？　僕は君の役に立てるならなんだってするつもりだ。見返りもいらない。なんなら今この瞬間から、全て君の言う通りにしたって良いくらいだ」

男はそう言うと、ふんと鼻息を荒げた。

私は「そうか、なら今すぐ消えろ」と返してやろうかと思ったが、どうせなら、と一つ名案《めいあん》を思い付く。

まぁ、少々意地の悪い考えだが、うまく行けばこいつもこれで消えるだろう。

「……なんでもと言ったな」

私は小さく呟《つぶや》いた。

「え⁉　も、もちろんさ！　信用してくれる気になったのかい⁉」

パァッと笑顔になる男をよそに、私は適当な場所まで歩き地面を指差した。

「なんだい？　地面なんて指差して……」

「ここに家を建てろ」

私の言葉に、男は笑顔のまま一瞬《いっしゅん》硬直《こうちょく》する。そしてそのままタラタラと冷や汗をかき始めた。

「聞こえなかったか？　ここに家を建てろ」

聞こえていないはずはないだろうが、私はそう繰り返した。

「やるよ！」

「そして建てたらすぐに消えろ。できないのなら今すぐに……」

「やるって！」

まぁ、当然そんなこと一人でできるなどと言う訳もないだろう。こいつが消えたのち、私は私でゆっくり……

「……は？」

「聞こえなかったのかい？　家、建ててみせようじゃないか！　君のためならばそれくらいなんでもないさ！」

男はそう言ってにっこりと笑った。

しかし表情は笑顔のままだが、未だにタラタラと汗が滲《にじ》んでいるところをみると、相当無理をしてそれを言っているのだろう。

どうやらこいつは本当に頭がおかしいようだ。

一人で家を建てる？　どれだけの資材と、どれほどの労力がかかると思っているのだ。

そもそもこいつにはその知識があるのか？　あったとしても、この言動はまったくもって理解ができない。

……いや、もしかすると口ではそう言っておいて、なにか企んでいるのではないだろうか。

私が疑心《ぎしん》を込めてマジマジと男を眺めていると、男は急に照れくさそうに頬を赤らめ、頭をかいた。

こいつ、照れると右手で頭をかくな。また無駄《むだ》な情報が増えてしまった。

「……まぁ良い。やれるものならやってみろ。私はその間、お前を監視《かんし》しているからな」

私は皮肉《ひにく》を込めてそう言った。なにか変なことを起こそうとも、見張っていればろくなことはできないだろう。

どうせ途中で根をあげるだろうが、こいつが尻尾《しっぽ》を巻いて逃げていく様を見るのも一興《いっきょう》だ。

「み、見ていてくれるのかい……？」

男はそういうと酷く嬉しそうな顔をした。

正直こいつの度重なる訳の解らない言動に、私はそろそろ気持ちが悪くなってきている。理解できん。いっそ頭の中をのぞいてやろうかとも考えたが、ただでさえ不気味なこいつの頭を覗くなど、気が引けた。

「じゃあ、明日から頑張《がんば》るからね！　……ええと、君、名前はなんていうんだい？」

「名前だと？　そんなものはない」

『名前』

人間がお互いを認識する時に使う、記号のような物だ。

人間は生まれた子に意味を込めた名前を与え、子はそれを一生名乗り続ける。

しかしそれは人間同士が使っている物であって、私にはそんなもの無縁《むえん》だった。

「そうか、名前はないか……じゃあ僕だけ名乗ろう。僕はツキヒコ。よろしくね！」

ツキヒコ、か。

心底《しんそこ》馬鹿《ばか》なやつだ。名乗ったところで私にとって人間は等しく「人間」なのだ。

それ以上でも以下でもない。私にそれを聞かせてどうしようというのだ。

そんなことを考えてみるも、どうもこの眼前の男は、私に何かを求めているようには見えなかった。

本当に気味の悪い生き物だ。

だが、「気味が悪い」「理解できない」で終わるのは、どうにも癪だった。

良いだろう。その心の内がどういう意味を持つのか、理解してやろうじゃないか。

「ならば逃げるなよ、『人間』」

私がそう言うと、ツキヒコは一辺《いっぺん》の曇《くも》りもないその瞳を輝かせ「もちろんさ！」と返したのだった。

チルドレンレコードⅣ

地獄《じごく》だった。

それに関しては諸説《しょせつ》あるが、少なくとも俺はこの道のりをそうとしか形容《けいよう》できない。

「いつまでくたばっているんだ、シンタロー」

キドは途中で買ったスポーツドリンクを飲み干しながら、真下に倒れている俺に向かい、そう言い放《はな》った。

「勘弁してくれ……死んじまう」

寝転んだ草の絨毯《じゅうたん》から香る爽《さわ》やかな夏の匂いが、鼻の奥を満たしていく。

ここが木陰《こかげ》であるということも手伝ってか、なんとなく風情《ふぜい》のようなものを感じた。

「青くせぇ草の匂いが憎いぜ……」

「ゲロくせぇやつにに言われたくないだろうけどな。大体《だいたい》『熱中症《ねっちゅうしょう》防止だ！』とか言ってあんなにガバガバ炭酸ばかり飲むから、あぁなるんだ」

キドの鋭い突っ込みに、先ほど新しくできた心の傷がズキン！　と反応した。

そんなことを言われても、炭酸好きにとって炭酸飲料は生活水だ。こと水分の補給となれば、炭酸に頼るのも当然だろう。

もっとも、先ほど名もない茂《しげ》みに全てぶちまけてきた訳なのだが。

「そ、それを言うなよお前！　デリケートに扱えよ！」

「む、すまん。それにしても、以前来たこともあって油断していたが、随分《ずいぶん》と時間を食ってしまったな」

ここに辿《たど》り着くまで、アジトの最寄《もよ》り駅から電車に乗って約一時間。

そこから徒歩で二時間半。ニート殺しのとてつもなく過酷《かこく》な道のりだった。

そりゃあゲロの一発や二発、吐いて当然だろう。

俺も炭酸も悪くない。全ては夏のせいだ。

いや、夏のせいもそうだが……

「なぁ、キド。借りといてなんだが、これ、もうちょっとマシな服はなかったのか？」

俺は来ている登山服を指しながら、そう言った。

「お前が『ジャージが汚れるから嫌だ』だのと言い出したからだろうが。あいにくそれ以上に登山に適した服を、俺は知らん」

キドはそう言って、横たわる俺の右手に腰掛《こしか》けた。

いや、そうは言ったものの、真夏にこれだけ重装備ってのはどうなんだ。

せめてもっと薄手の服でも……

そんなことを思ってみるも、これが相も変わらず長袖のパーカーを着込んでいる人間のチョイスだったということを思い出し、何を言っても無駄だと気がついた。

「……にしてもマリーはとんでもねぇとこに住んでたんだな。ってか周《まわ》りにもなんもねぇじゃねえか。飯とかどうしてたんだよ」

「俺もそう思って訪ねたんだが……いや、ありえない」

キドはそう言いかけて頭を抑えた。その様子から、とんでもない返答が返ってきたのだろうと、容易に想像がつく。

「っつ〜ことはもしかして……」

「あぁ、食ってなかったそうだ。飲み物は飲んでいたそうだがな。アジトに初めて来た時、やけに普通の食い物に驚いていると思ってはいたが……」

いよいよマリーが謎《なぞ》の存在になってきた。こんなところで飯も食わず、百年以上も一人で生きていたというのだ。謎以外の何ものでもない。

「俺、マリーって実は仙人《せんにん》なんじゃねぇかと思うんだが」

「あぁ、丁度《ちょうど》俺もそう思っていたところだ。まぁこの暑さじゃあしょうがないよな」

木々の生《お》い茂《しげ》る森の中心部。

いや、中心部なのかどうなのかも解らなくなるほどに、ぐにゃぐにゃと複雑な進路の先にあったマリーの家の前で、俺とキドはそんな話をしながら頭をぼやかしていた。

「で、どうすんだこれ。中に入れねぇんじゃどうしようもねぇ」

「マリーが部屋を片付けるから待ってろと言うんだから、仕方ないだろう」

このイレギュラー尽《づ》くしの現状で、なぜそこだけやけに「女の子の家に遊びにきた感」が生きているのだろうか。

普通なら胸が高鳴っても良いところなのかも知れないが、正直そんな気分になるには圧倒的にムードが足りない。

諦《あきら》めていっそ昼寝でもして待とうかと考えていた矢先《やさき》、覗《のぞ》き込むようなコノハの顔が視界に映り込んだ。

「なんだよ」

「あ、えと……」

アジトを出る際、「もし何か持ち帰れそうなものがあった時のため」という理由で巨大なリュックサックを背負《せお》わされたコノハだったが、来る途中で散々《さんざん》飲み物やら何やらをマリーに詰め込まれて、すっかり荷物持ち役になってしまっていた。

いや、確かに昨日とんでもない動きをしていたこいつにとってみれば、これくらいはなんでもないのだろうが、少々良心《りょうしん》が傷《いた》むところでもある。

「いやその、これ……」

そんなコノハは鞄《かばん》の中から一本飲み物を取り出し、俺に差し出した。

「さっき気持ち悪そうにしてたから、大丈夫かなって思って」

いきなりの優しさに一瞬反応が遅れてしまうが、それがコノハなりの善意《ぜんい》なのだと気づき、俺は喜んでそれを受け取った。

「お、ありがとな。お前もこまめに飲み物飲んどけよ」

俺がそう言うと、キドは俺を指差して「飲み過ぎるとこいつの様になるからほどほどにな」と言った。

「あああ！　勘弁《かんべん》してくれ！　結構気にしてるんだって！」

「おぉ、そうか悪かった悪かった」

キドが悪びれる様子もなく俺をの肩をポンポンと叩く。

全《まった》く酷《ひど》い扱いだ。ニートは繊細《せんさい》な生き物だから、ちょっとしたことですぐ体調を崩してしまうのだ。もう少し優しくしてくれてもいいだろうが。

そうやって騒いでいると、ふいにマリーの玄関のドアがバタンと開いた。

「お、おそくなってごめんね。もう入って大丈夫だよ！」

ヒョコッと顔だけ出したマリーは、首からペンダント風にぶら下げた鍵をチリンと鳴らしながらにそう言って、再び顔を引っ込めた。

どうやら片付けとやらが終わったらしい。ということは、いよいよここからが本題という訳だ。

「うっし。じゃあ行くか」

俺がそう言って立ち上がると、キドも立ち上がり、大きく一度伸びをした。

「何か新しい発見があれば良いんだがな」

とりあえず今回の目的は目の能力についてと、マリーの家系の謎。更《さら》には「あの世界」についての情報などが少しでも手に入れば上々《じょうじょう》、と言った感じだ。

少なくともマリーの家系について何かが解れば、新しい考え方も生まれるだろう。

「ヒヨリの居場所、わかるかな」

家に入ろうとドアに手をかけたところで、横に立つコノハは弱々しくそんなことを言った。

「ん～。そこに関しては情報がなさすぎてなんとも言えんが……なんかのヒントくらいはみつかって欲しいもんだな。まぁ、探してみようぜ」

そう言ってポンと背中を叩くと、コノハはコクコクと頷《うなず》いた。

「おじゃましま～っす……ってぉぉ……」

そうしていよいよ玄関を開けると、そこはまるで原寸大《げんすんだい》になったドールハウスのような空間だった。

部屋中を本棚が囲い、その中はびっしりと古書《こしょ》で埋《う》め尽《つ》くされている。

「こりゃあまた随分と雰囲気の良い部屋だな」

俺がキョロキョロと室内を見回しながらにそんなことを言うと、マリーは嬉しいのか恥ずかしいのかモジモジと床を見つめた。

「このお家、おじいちゃんが作ったんだって。お母さんが言ってた」

「じいちゃん一人で⁉　って、んなわけねぇか。なぁキド」

そう言って俺のあとに入ってきたキドの方を見ると、キドは今までに見せたことのないようなキラキラとした表情で部屋中を見回していた。

「……お前、以前に来たんじゃなかったのか？」

「いや！　その時は部屋には入らなかったんだ！　それにしても良いなぁ、この部屋……羨《うらや》ましいぞマリー……」

キドの最上級《さいじょうきゅう》の反応に、マリーも照れながら「えへへ、ありがとう」と返す。

マリーは窓際に置かれた椅子にすとんと腰掛け、「久しぶりだぁ」と言いながら外を眺めだした。

「シンタロー、俺は正直ここに住みたいぞ」

キドは俺の方を振り向くとキリッとそう言った。

「す、住むのは厳しいんじゃねぇか？」

俺がそう言うと、キドは「いや、だが……」だの「食料をなんとか……」だのとブツブツ言い始めた。

一方のコノハは何やら真剣な顔つきで本棚を物色《ぶっしょく》しているようだ。

なんだ、団長よりもこいつの方がまじめに活動しているじゃないか。

眺めていると、不意に一冊の本にコノハの手が伸びた。なにか発見したのだろうか。

即座《そくざ》にコノハは振り返り「こ、この本見せてもらっても良い!?」とマリーに声をかける

「え？　うん、好きに見てだいじょうぶだよ」

「ありがとう！」

そう言うやいなや、手に取った本をパラパラとめくり出すコノハ。その表情は普段のそれとは一変《いっぺん》、真剣《しんけん》そのものだった。

「お、おい。いきなりなんかみつけたのか？」

声をかけるも、コノハはよほど集中しているのか本をめくる手を止めず、ひたすらにページを注視している。

内容が気になりコノハの横へと駆け寄る。コノハが開いたそのページを見た瞬間、俺はこいつが何故、これほどまでに真剣になっているのか、理解することができた。

「お、お前、これって……」

「うん、ビックリしたよ」

開かれたページには、巨大なドラゴンが一匹描かれていた。その横には筆記体の英文で注釈が書いてあるが、コノハが注視しているのは、そうやらそのドラゴンの絵のようだ。

「……すっごいかっこいい」

俺はガクンと肩を落とす。こいつに何かを期待した俺が馬鹿だった。

いや、そうそう簡単になにかがみつかるなんてことは、まずないだろう。そんなことを解っていながら、テンションが上がってしまった自分が酷くアホらしく思えた。

俺がうな垂《だ》れていると、今度はキドが俺の肩を叩いた。

「し、シンタロー、やばい物をみつけたぞ」

「今度は何だ」と思いながら振り向くと、キドはスケッチブックのようなものを持っている。

しかもその表紙には、黒い太文字で「秘密」と書かれていた。

「おいおい、こいつは……」

「あぁ、どうやらアイツ、とんでもないことをしていたようだ……」

キドはそう言うと、ゆっくりと表紙を開き始める。

開かれたページには、かなり前衛的《ぜんえいてき》な絵柄で、マリーであろう少女が剣を持って走り回っている姿が描かれていた。

どこかの国の勇者なのだろうか。王冠を付けているところを見ると、王族の様にも見える。

そのままページをめくる。

するとと今度は、やけに腕の太いドラゴンのようなトカゲのような生き物に、マリーが跨《また》がっていた。

恐らくドラゴンもどきに剣を突き刺そうとしているのだろう。

なぜかマリーの腕は剣と合体しているが、何かの呪いでも受けたのだろうか。戦闘中だというのに、満面の笑みを浮かべるマリーが印象的だ。

ページをめくる。

次のページでは、マリーが激しくダンスを踊っている姿が描かれていた。

先ほどのドラゴンもどきを倒した宴かなにかだろうか。

いや、よく見ると先ほどのドラゴンも一緒になって踊っているようだ。剣で突き刺したというのに和解するとは、一体どんな交渉術を使ったのだろう。

先ほどからキドはページをめくるたび吹き出し、すでに呼吸困難《こきゅうこんなん》になりかけているが、

結論から言うと、このスケッチブックは全くなんの役にも立ちそうになかった。

「キャアアア！　それはみちゃだめぇッ！」

外を眺めていたマリーは、俺たちがこれを読んでいることに気づいた瞬間、顔を真っ青にして飛び込んできた。

「すま……マリ……ふっ、ふふっ……」

キドはよっぽどこの冒険譚《ぼうけんたん》が気に入ったのか、腹を抱えて今にも倒れそうになっている。

「こ、これただの落書きだもん！　だから、その……あああ！　恥ずかしい！」

マリーは両手で顔を押さえながら絶叫した。心做《こころな》しか左右に垂らした髪がブルブルと動いた様にも見えたが気のせいだろうか。

「自分が主人公ってのが、なんかすげぇよな」

俺がポロッとそう言うと、キドは激しく息を吹き出して悶絶《もんぜつ》した。

マリーからは、「あああああ！」と再び叫び声があがる。

こんなにも見事に黒歴史がばれるってことがあるのか。

マリーもさぞかし辛かろうが、強く成長して欲しい。

その後、とりあえずキドは椅子に腰掛け、なんとか息を整えようとし始めた。

しかし、フラッシュバック的に再び吹き出すというのが続き、マリーはその度に「もういやだあぁ」と悲痛な声を漏らしている。


「なぁ、マリー。こう、なんか日記みたいなもんとかはないか？」

とにかくまじめに探さなくては、とマリーにそう持ちかけると、マリーはこちらをキッと睨みつけてきた。

「もうこれ以上変なのないもん……！」

「だああ、お前のじゃなくて！　例えばお前のお母さんが日記とかに、なんか大事なこととか書いてねぇのかな～って思ったんだよ」

俺がそう言うと、早とちりと気がついたのかマリーは睨《にら》むのを止めた。

「う～ん……あ、お母さん日記書いてたかも……」

「ほんとか!?　それってどこにある？」

俺がそう聞くとマリーは「お母さん確かすっごく大事にしてたはずだけど、どこだったかな……」と考え始めた。

「えっと、本棚の上……？」

「本棚の上だな!?　聞いたか、コノハ！」

俺の言葉にコノハは「う、うん！」と答えて、一つ一つの本棚の上を覗き込む。

しかし、日記はなかなかみつからない様だ。

コノハは最後の本棚の上を覗きながら「ないよ～」と漏らした。

「本棚の上じゃなくて……」

「おい！　違うみたいだぞ！　コノハ！」

俺の呼びかけにコノハは「わ、わかった！」と答え、覗き込むのを止める。

「えっと……お庭……」

「コノハ！　庭だ！」

俺がそう言うとコノハは「わかった！」と言ってバッと玄関から飛び出していった。

「……じゃなくて」

案《あん》の定《じょう》、庭ではなかったようだ。すまん、コノハ。あとでジュースをおごってやるから。

マリーは未《いま》だにうんうん唸《うな》っているが、正直、本当に日記が存在しているのだとしたら、一つ疑っている場所はあった。

「マリー、お前のそのペンダントって、家の鍵なんだよな」

「え？　うん、そうだよ。もともとはお母さんのだけど……」

マリーがペンダントを持ち上げると、鍵はチリンと音を鳴らす。

そう、音が鳴るということは、鍵は二つぶら下がっているということだ。

家の鍵よりも明らかに小さい鍵。見たところ入り口は一つだけのようだし、家自体のスペアキーという訳でもないのだろう。

簡単な話だ。この部屋を見渡した限りで鍵穴のついた家具は、本棚の間に置かれた小さな机だけなのだから。

「そのもう一つの鍵ってあそこの机のやつだよな？　あの机に日記が入ってるとか……」

いや、流石《さすが》にそれはないか。

いくらマリーとはいえ、こんなにも解りやすいとこに日記があったのならば、ここまで悩んだりしないはずだ。

恐らくあの机には日記は入っていないのだろう。

しかし、だとすると一体どこに……

「え？」

マリーは俺の言葉を聞き、手に持った鍵と小さな机を何度か交互に見返したあと、愕然《がくぜん》とした表情を浮かべた。

「全然気がつかなかった……」

「え……」

あぁ、この子は百年間一体なにを……と、そんな思いが頭をよぎるが、そういえばこの子は刺し殺そうとしたドラゴンと共に踊り狂うタイプの子だった。

なかなか俺の感覚ではついていけない部分もあるのだろう。

半ば肩すかしを食らったような気分になり、ふと窓の方を見てみると、すごい勢いで駆け抜けていく白い人影が、一瞬視界に映った。

　あぁ、あいつも早く引き戻してやらねばと思ったのもつかの間、マリーは鍵を握りしめ、小さな机の方にパタパタと向かっていってしまう。

「……とりあえずアイツはあとで良いか」

　すまん、コノハ。限度はあるが、今度飯をおごってやるからな。

　そんなことをぼんやり考えていると、キドはようやく息を吹き返した。

「……ふぅ。すまなかったなシンタロー。もう大丈夫だ」

　あぁ、もう終わりそうなんですが。と、俺は心の中で呟いた。

　突っ伏してビクンビクンと発作を起こしていたキドだったが、随分と回復した様子だった。

　少々やつれた気はするが。

「いや、オレもな。あの小さい机がどうも怪しいとは思ってたんだ。いやいや、流石だなシンタロー」

　なにを言い出すんだこいつは。笑い転げていただけで、なんの役にも立たなかったような気がするのは、俺の気のせいだろうか。

「……まぁ、これでその日記になんか収穫《しゅうかく》になりそうなことでも書いてありゃ良いんだけどな」

少なくとも、マリーの身の上については本人から話を聞くよりも得るものがあるだろう。

それが目の能力……ひいては「あの世界」に繋がる何かになってくれはしないだろうか……。

少なくとも俺は、大いに期待していた。

何か一つでも良い。小さな情報だろうと、それがすべてを繋ぐ鍵になることだってあるのだ。

カチャッと小気味のいい音が部屋に響いた。

「シンタロー！　みつけたよ！」

マリーはそう言って深い紺色の辞典のようなものを両手で掲げた。

日記にしては随分と分厚い印象を受ける。

再びパタパタと戻ってきたマリーは、手にした日記を「ドンッ」と机の上に置いた。

RPGなどに出てくる魔法書のような風体《ふうてい》のそれは、間近で見るとそれ自体がものすごい威圧感《いあつかん》を放っている。

いつから使われているものなのだろうか。

少なくとも、マリーの話だと数百年は使われているということになるが、どうなのだろう。

突如《とつじょ》背後からドアを開く音が聞こえ、振り返るとコノハがトボトボとこちらに戻ってきた。

「ご、ごめん……みつからなかった」

その場がしんと静まる。仮に良心の傷む音が聞こえたとするならば、間違いなく爆音で鳴り響いていただろう。

「あ、いや、それがな……」

俺がしどろもどろしていると、コノハは机の上に置かれた日記に目線を落とした。

再び場に緊張が走る。

「あ、みつかったんだ。よかったぁ……」

しかし、コノハはそう言って安心したような表情を浮かべたのだった。

あぁ、こいつすげえ良いヤツだ……。

そんなことを思うと同時に深い反省の念が心に生まれる。絶対に飯をおごってやろう。

「とりあえずみつかった訳だが、ええと、マリー。これはいきなり俺が読むよりも、お前が目を通した方がいいと思うんだが……」

流石に身内のプライベートな内容を、他人に勝手に見られるのは気持ちのいいものではないだろう。

しかしそんな俺の問いかけに対してマリーは「ううん、それで皆の辛いことがちょっとでも良くなるかも知れないなら、きっとだいじょうぶ」と返した。

皆の辛いこと。それはまさにこの団の皆に共通して起きている全てのことだった。

知ったところ幸せが戻ってくるのか、と聞かれれば、もしかするとそうではないかも知れない。

ただ、知ることで進む道が生まれるとするならば、きっとこの団の連中は「真実」を知るべきだ。

「わかった。じゃあ、読ませてもらうな」

分厚《ぶあつ》い日記の表紙には特に文字は書かれておらず、深い群青色《ぐんじょういろ》がただただ広がっているだけだ。

共に日記を見ようと、三人は俺の周りに集まる。

俺は全員で見る形になるのを待って、いよいよ表紙を開いた。

※

その日記の内容は、俺たちが「普通」に恵まれた人間だったとするならば、きっと知ることがなかったのだろう。

どこまでも深くて、どこまでも悲しい。

そこには何かを想い続けた生き物の、突飛な「人生」が閉じ込められていた。

あのページを捲《めく》った感触は、今でも忘れられない。

きっと彼女らのことも、この先ずっと忘れることはないのだろう。

あの時、表紙を捲った俺は、その先に起きることなど何一つ知る由《よし》もなく、ただただそこに存在したその「名前」を口に出したのだった。

『アザミ』

シニガミレコードⅢ

１０１４日目。


連日の雨は弱まる気配もなく、依然《いぜん》として生《お》い茂《しげ》る木々の葉を濡らし続けていた。

季節が変わり、少しずつ気温は上がってきているものの、こう悪天候が続いてはなかなか気分もあがらない。

眼前に降りしきる雨の飛沫《ひまつ》は一粒落ちる度に草の香りを跳《は》ね上《あ》げ、また一つ夏の匂いを鼻腔《びこう》に届ける。


「……一体どういう神経をしているのだ、あいつは」

降りしきる雨の中、目下建造中《もっかけんぞうちゅう》の我が家は不格好《ぶかっこう》ながらにその全貌《ぜんぼう》を現し始めていた。

無作為《むさくい》に積み上げられた資材と作業用具の山の中、ひたすらに笑顔で動き回る一人の男の姿を、今日も私は飽《あ》きもせず追いかけている。

「これだけの雨なのだぞ？　普通休むだろうが。大体、傷もすぐに治らぬひ弱《よわ》な人間の分際で、あいつは何を自分に過信《かしん》しているのだ」

そんな我が家予定地から少し離れたところに設置された「雨風を最低限しのげる程度の貧相《ひんそう》な掘建《ほった》て小屋（風呂付き）」の中、私はそんなことを一人呟《つぶや》いている。

備え付けられた扉を開け放ち、あぐらをかいてあいつを眺《なが》めるのが、既《すで》に私の日課となっていた。

あの調子だと、完成までそう長くはかからないだろう。

始めは家作りのいろはも何も知らぬ小僧だったくせに、今では一丁前《いっちょうまえ》に動き回っているのだからなかなかに愉快《ゆかい》だ。

まぁ、それというのももちろん、私の力添えの賜物《たまもの》なのだが。

当初アレだけ啖呵《たんか》を切っていたくせに「君は家造りに詳しくないのかい？」などと泣きついてくるものだから、余《あま》りに哀《あわ》れでついつい教えてしまったのだ。

私が直々《じきじき》にものを教えてやったのだから、当然、この短期間で家も形になるわけだ。

とは言ってもこれだけの量の資材を自らで切り出し、運び、組み立ててきたのだから、アイツも人間にしては中々根性《なかなかこんじょう》のある方だ。

家自体は随分と不格好《ぶかっこう》だが、多めに見てやるとしよう。

それにしても、こんなことを始めてもう三年が経とうとしているのか。

それこそ今までの私にとってみれば吹けば飛ぶような短い時間だが、あいつの危なっかしさのおかげで随分と長く感じた三年間となった。

いや、別に保護をしているつもりはないのだ。

なかなかに使えるやつだと解った以上、家を建てる前にくたばられては勿体《もったい》ない。それだけだ。

大体これだけ律儀《りちぎ》に言ったことを守るやつだ。この家が完成してしまえば当初の約束通り、私の前から姿を消すだろう。


そうなればあの家で私は一人、ゆったりと過ごすことができる。いやはや、三年前の私はとんでもない名案を思いついたものだ。


腕を組み、うんうんと当時の自分を褒《ほ》め称《たた》えていると、ゴロゴロと雷が鳴り出した。

気づけば雨脚《あまあし》も大分強まってきているようだ。

時間的にそろそろ陽も沈む。あいつもそろそろ戻ってくる頃だろう。

などと考えていると、案の定、すぐにツキヒコは返ってきた。

予想通り上から下まで泥だらけのその姿に、私はいつもの様に嫌悪感を覚える。

「いやぁ、今日は結構進んだよ。もうちょっとで完成かな。どうだい？　大分いい感じに……」

「汚い。風呂にいけ」

私がそういって風呂場を指差すと、ツキヒコは「あはは、そうだね。ごめんごめん」と言って、そそくさと風呂に向かっていった。


掘建て小屋と言っても、ここもそこそこに使える場所ではある。

ツキヒコの「まずは君がしっかり見ていられる場所から作るよ」という提案から、最初は屋根しかないようなものが生まれ、気づけば徐々《じょじょ》に増築《ぞうちく》されて今の形になった。

いつの間にやらアイツが自分の寝泊まりするスペースを作っていた時は、私も怒鳴《どな》り散《ち》らしたが「麓《ふもと》から通うよりずっと早く建築が進む」という理由でやむなく承諾《しょうだく》した結果、あいつも半分ここに住み込むような形になっている。

まぁ、害もなければ、事実、家の建築作業も進みが早くなった訳だから、若干腑《じゃっかんふ》に落ちないところはあるものの、完成するまでは許してやることにしよう。

そう、完成するまでの辛抱《しんぼう》だ。

完成してしまえば、私は一人の居場所を手に入れることができる。それまでの辛抱だと考えよう。

……それにしても、風呂まで焚《た》いてやったのは、少々甘やかし過ぎだっただろうか。

いや、下手に倒れられても迷惑なのだ。それで家が完成しなくなるなんてことになっては、大迷惑だ。

私のそんな思考は、風呂場からの「お風呂ありがとう！　うれしいよ！」の一言でグジャグジャとかき乱されてしまった。

１０３２日目。


長く続いた雨も終わり、いよいよ夏の気配が感じられる。

私は照《て》りつける日差しを避けて、ツキヒコの持ってきた桶《おけ》に水を張り、じゃぽじゃぽと足を泳がせていた。

「お～い。そこちょっとはずれかけてるぞ～」

私がそう声をかけると、ツキヒコはブンブンと手を振って返した。

ツキヒコは、今日も黙々《もくもく》と我が家の建築作業にあたっている。今日はどうやら屋根の上での作業のようだ。

この炎天下の中を連日動き回っているというのに、あいつは日に焼けることもなく、白い肌が黒い屋根の色と対象になり、特に目立っていた。

遺伝《いでん》なのかなんなのか、あの若さで髪まで真っ白というのだから、不思議なやつだ。

それにしても、先ほど私は屋根の一部が少し浮いていることを指摘したはずなのだが、あいつはそれを声援か何かだと勘違いしたのだろうか。

笑顔で手を振ってみせただけで、一向に直す気配がない。

「お～い、そうじゃない！　足下見てみろ足下！」

ツキヒコは、やっと私が何か伝えようとしていることに気がついたのか少々身を乗り出して「え？　なんだい⁉」と聞き返してきた。

徐々に、このもどかしいやり取りにイライラが募り始める。一発で聞き取れんのか、あの阿呆《あほう》は。

「だから足下を……あっ！」

私がそう叫ぼうとした瞬間、ツキヒコは屋根の上でグラリと体勢を崩した。

そのまま支えを失くしたツキヒコの身体は屋根を離れ、空中に放り出される。

余りの光景に思考が止まりそうになるが、私の頭は全力でそれを振り切った。

どうする。こんな時どうしたらいい。

何か力を……いや、ダメだ。この状況からツキヒコを助けるような力を私は持ち合わせていない。

刹那、その一瞬で頭の中が思考で埋め尽くされる。

しかし、この距離からツキヒコを救う有効な方法など、何一つも思いつくことができなかった。

ツキヒコの身体は何の抵抗をすることもなく、私からは死角《しかく》となる家の向こうへとその姿を消す。

まるで心臓が凍り付いた様だった。

あの高さだ。どんな落ち方をしようと、恐《おそ》らく命に関わる。

水の入った桶をひっくり返しながら、私はツキヒコの落ちたと思われるところへ駆《か》け出した。

せめて、足から落ちていてくれれば良いが……。

だが、目に焼き付いたツキヒコの最後の姿は、どうも足から落ちてくれるような格好ではなかった気がする。

「ツキヒコッ！」

家の角を曲がり、地面を見回す。

しかし、そこにツキヒコの姿はなかった。

何が起こったのか考えるよりも先に、頭上から間の抜けた声が聞こえる。

「いやぁ危なかった。ん、なんだいアザミ」

見上げると片手で屋根の端にぶら下がるツキヒコの姿があった。

相も変わらずヘラヘラと笑顔を浮かべるその男に、私は安堵《あんど》よりも何よりも先に、憤怒《ふんど》が沸《わ》き上がった。

「ふざけるな馬鹿者《ばかもの》がっ！　お前のような弱い生き物がなぜそんなにも不用心なのだ！」

私の怒号《どごう》にツキヒコは笑顔のまま青ざめた。

「え？」

その様子を見るに、自分が何故怒鳴られているのか解っていないのだろう。

私はとにかくなにか罵声《ばせい》を浴びせてやろうと口を開いたが、色々な感情が溢《あふ》れ出してしまい、思う様に言葉が出ない。

結局口にできたのは「アホか！」という、稚拙極《ちせつきわ》まりない言葉だった。

とにかくそう言い捨てた私は、ツキヒコに背を向ける。

「桶の水入れ直しておけ。あと……今日はもう屋根に登るな」

そんな私の言葉に、ツキヒコは慌《あわ》てて「わ、わかった！」と返した。

不愉快《ふゆかい》だ。

非常に不愉快だ。

何よりも、この程度のことで思い切り肝を冷やしてしまった自分に憤《いきどお》りを覚えた。

更《さら》に、戻れば桶に入った水もないのだ。非常に腹立たしい。

もう今日は一日あいつと口を聞かぬ様にしよう。そうすると大抵《たいてい》あいつはしょぼくれるのだ。

そう思うと気味が良く、若干怒りも和《やわ》らいだような気がした。

１０５８日目。


「遅い……！」

清々《すがすが》しい夕景。

吹き抜ける風は心地よく、西日と混ざり合いながらほどよい温度を作り上げていた。

「食べるものがなくなったから家から取ってくるだ？　あいつ、一体どこの家まで取りにいっているのだ」

そんな鮮《あざ》やかな情景とは裏腹《うらはら》に、私の胸中《きょうちゅう》には雷雲がゴロゴロと音を立てて停滞《ていたい》していた。


「食べるものがなくなってきたので取ってくるけど、お昼には戻るから」などと言ってここを出たっきり、もう夕方ではないか。

ツキヒコは、いつも家からここまで、往復三時間ほどで返ってくる。

遅くなったとしても雨が降っていたとか、雪道だったとか、それなりに理由が明確な場合ばかりだったし、第一遅くなったとしても、日が沈むまで返ってこないなんてことは今まで一度もなかった。

そうこうしている間に、夕暮れは群青《ぐんじょう》に染まり始める。

待ちぼうける私をあざ笑うかの様に陽は瞬く間に沈み、結局夜になってもツキヒコは返ってこなかった。

「あいつ、一体何を考えているのだ。昨日はあれだけ自慢《じまん》げに『あと一週間もあれば完成だ』などと宣っていたではないか」

小屋の外壁に凭《もた》れて座り、膝を抱えて愚痴《ぐち》をこぼす。

遠くの方から微《かす》かに虫の鳴き声が聞こえてはくるものの、相変わらずこの場所は生き物の気配すら醸《かも》さない。

対照的に自分の中に響く鼓動《こどう》だけが、ドクンドクンとやけに大きく感じられた。

もう、今夜は帰ってこないだろうか。

いや、考えてみればそれもそうか。普通こんな森の中へと続く道を往くのであれば、夜道を避けるのは当然のことだ。

例えばむこうを夕方に出ようと思ったところで、途中で夜になってしまうのは危険だと判断し、出発を明朝にずらした。こう考えると実に自然だ。

それとも天気が良すぎたせいで、途中の何処《どこ》かで居眠りでも働いてしまっているということも……。

いや、それは少々危ないな。

家に着いた途端、陽気にあてられて眠りこけてしまったというのはどうだろう。

暗闇の中、そうやって私はツキヒコが戻らない理由を手前勝手《てまえかって》に並べ続けていた。

「まぁ、明日の朝には帰ってくるだろう」

……。

「いや、もしかするともう少々もすれば、ノソノソと現れるかも知れん」

……いや、所詮《しょせん》は希望論だ。

ただこうあってもらいたいたいというだけの、妄想《もうそう》にすぎない。

自然な理由を、というのであれば、それ以上にない上等な理由がとっくに頭には浮かんでいるのだ。

何故私はそれを覆《おお》い隠《かく》すかのように、薄っぺらいこんな希望論を並べているのだろうか。

そんなことに気づいてしまうと、いよいよ現実的な考えが頭の中に広がり出した。

「逃げたのか」

考えてみればそれが一番自然なのだ。

そもそも対価《たいか》もなく、三年もの間ここで黙々と家を造り続けていたことの方がよっぽど「異常」なのだから。

正直なにを思ってあいつがここに居続けたのか、私には解らない。

流石にもう「私を騙《だま》そうとしているのだろう」とは思っていなかったが、それでもあいつの行動原理《こうどうげんり》は理解しがたかった。

……そういえば最初になにか言っていたなあいつ。なんだったか。

あの時私はそれを聞いて相当《そうとう》気味が悪いと感じたのだ。当時は気にも留《と》めていなかったが確か……


『近くで君を眺《なが》めさせてもらえたら嬉しいなぁ』


その言葉を思い出した途端《とたん》、心臓を鷲掴《わしづか》みにされたような気分になった。

頬が熱っぽくなり、息がしづらくなる。

あいつはなんて小《こ》っ恥《ぱ》ずかしいことを言っていたのだ……！

馬鹿じゃないのか⁉

いや、というかあいつ……

「……私のことが好きなのか？」

口に出すといよいよ頭がどうにかなりそうだった。

いやいや、あり得ない。あいつは人間なのだぞ。そもそも私とは種が異なるのだ。

しかし、あいつは男で私は……まぁ恐らく女でいいのだろう。

男が「女を見つめていたい」などと思うということは、結局のところそういうことではないのだろうか。

悶々《もんもん》と頭ではそんな葛藤《かっとう》が巻き起こり、口からは「うあぁ……」と気の抜けた声が出た。

他には何か言っていなかっただろうか。

思い出せ、何か言っていたはずだ。何か言っていたに違いない。

なんだったか。確かもっととんでもないことを言っていいような気が……

『今この瞬間から、全て君の言う通りにしたって良いくらいだ』

堪《たま》らず私は勢い良く立ち上がった。そうしなければ心臓が破裂《はれつ》してしまいそうな気さえしたのだ。

息が上がり、頭がくらくらする。

馬鹿は私ではないか。

あいつは最初から、ここに居続ける理由をあんなにもはっきり言っていたというのに。

とんでもないことに気がついてしまった。

私はあいつに好かれていたのだ。

「と、ということは今までのは全部……」

それに気づいた瞬間、あいつが三年間ここに居続けた真意《しんい》を恥ずかしすぎるほどに理解できた。

「あの時のあれもそういう意味か……？　いや、ということはあの時も⁉　ああ……馬鹿なのかあいつは！」

いや、どう考えても馬鹿は私だった。

あまりに単純な理由すぎて、逆に全てに説明がついてしまう。

今となっては少しあいつの顔を思い出しただけで、顔から火が吹き出るほどだ。

とりあえず一通り思い出し、一通り悶絶《もんぜつ》したのちに、私はようやく落ち着きを取り戻すことができた。

息を整えるべく、大きく深呼吸を繰り返す。

夜の冷えた空気を吸い込むと、火照《ほて》った身体が中から冷やされていくような気分になった。

「……早く帰って来い、馬鹿者」

いつの間にか私は、一人きりでいることが苦痛になってしまったようだ。

戻ってきたらあの馬鹿に、文句の一つでも言ってやろう。

あいつはそれでも喜ぶ、変なやつなのだから。

１０５９日目。

久しぶりに泣きじゃくっていた。

厳密《げんみつ》には、朝になってもツキヒコが帰ってこないものだから、その辺《あた》りからジワジワとは来ていたのだが。

「ほら、もう泣かないで。僕は全然大丈夫だから、ね？」

ツキヒコはそう言って、膝を抱えて泣きじゃくる私をなだめようとするが、それでも涙は止まらなかった。

いや、まさか傷だらけの姿で帰ってくるとは誰も思わないだろう。

待っていたやつがいきなりそんな姿で現れたのだ。驚いて泣いてしまうだろうが。

「いやぁ、本当に遅くなって申し訳ない。ちょっとややこしいことになってしまって」

ツキヒコはそう言って小さく笑顔を作り、頭をかいた。

傷だらけで何を笑っているのだこいつは。馬鹿じゃないのか。

「……なんでそんな傷だらけなのだ」

なんとか涙を抑《おさ》えて私がそう訪ねると、ツキヒコはあからさまにギクリとした表情を浮かべる。

すぐに焦《あせ》って笑顔を作ろうとするが、そんなものは見え透《す》いていた。

「なんだ。私には言えないことだとでもいうのか」

「あぁ、いや！　そう言う訳じゃないんだ。ただ……」

ツキヒコの煮え切らない態度に、私は鼻をすすりながら「いいから言え」と釘をさした。

ビクッとして青ざめるツキヒコだったが、観念《かんねん》したのか、一度小さく溜め息をついて語り始める。

「ええと、最初に僕らが会った時のことは覚えているかい？　ほら、君が随分考え込んでた時に、僕が話しかけて……ってどうしたの？」

顔から火が噴き出した私は、堪《たま》らず膝《ひざ》に顔を埋めた。

昨日思い出したばかりなのだ。忘れる訳ないだろうが。

私は膝に顔を埋めたまま「続けろ」と、ツキヒコに促《うなが》した。

「う、うん。ええとね。あの時、僕は丁度《ちょうど》戦地から家に帰る途中だったんだ。『お前は使い物にならない』って言われちゃってね」

そういえばこいつは初めて会った時、そんな服装をしていたな。

しかし使い物にならないとは、随分酷《ひど》いことを言うやつもいたものだ。……まぁ私も以前こいつに同じことを言ってしまったのだが。

「そんな時にフラフラと歩いている君をみつけたんだ。綺麗《きれい》だなって思った。だからついてきちゃった訳なんだけどね」

「い、いちいちそういうことを言うな」

なんとか抑えてそう言ったが、正直、恥ずかしさで死んでしまいそうだ。

今までは何ともなかったというのに、ほとほとんでもない感情を知ってしまった。

「あはは、ごめん。だからね、君に「家を建てろ」って言われたとき正直無茶言うなぁとは思ったけど、純粋《じゅんすい》に嬉しかったんだ。僕でもこんな綺麗な人の役に立てるんだって思ったのさ」

「う、あ、ありがとう」

「えぇ⁉　なんだか今日は変だね、君」

まったく、どこまで純粋なのだこの男は。

あんなものただの意地悪に決まっているだろうが。

しかし今となってはこいつのそんなところも、やけに愛おしく感じてしまう。

……綺麗なのか私は。

……そうか。

……やけにいい気分だ。

「それでね。うちは父も母も早くに亡くなっていて、そこそこに広い土地も持っていたから、財産には困らなかったんだけど、昨日村の人間に久々に出くわしてしまってね……」

そういうとツキヒコは小さくはにかんだ。

「出くわしたから何だというのだ？　お前もその村の人間なのだろう」

「そう……なんだけどね。ほら、僕ちょっと人より見た目が浮いているから、なかなか仲良くしてもらえないんだよ」

ツキヒコが困ったようにそう言った瞬間、私はことの全てを理解した。それと同時に頭の中には明確な敵意《てきい》が生まれる。

「……それだけでか？」

「え？」

「それだけでそいつらはお前をそんな目に遭《あ》わせたのか？」

ツキヒコの顔には大きな痣《あざ》が出来ていた。着ている服も泥にまみれている。

これも全て、その村のやつらにやられたというのだろうか。

人間同士の争いなど毛ほどの興味がなかったが、ツキヒコが絡《から》んだというだけで、とてつもなく不愉快なことに思えた。

ツキヒコにこんなことをした奴らを、同じように……いや、それ以上に酷い目に遭わせてやらなくては、どうにも気がすまない。


そう思った私が立ち上がると、それを察したのかツキヒコは私の目の前で手を広げ「ダメだよ」と呟《つぶや》いた。

「ダメなことなどあるか。お前はそんな酷い目にあったのだぞ？　その村の人間とやらも、同じ目に遭わされたところで文句は言えんだろう」

「いや、良いんだ。だから今日、僕はまたここに来たんだから」

ツキヒコは依然《いぜん》として笑顔を浮かべたままだ。

ツキヒコの代わりにそうしてやろうと思った私だったが、当のツキヒコ本人にそれを止められてしまうと、何故だか自分が間違っていたように思えて胸が痛んだ。

「……何故だ。腹が立たんのかお前は」

「ん？　いや、もちろん彼らが正しいとは思っていないよ。だからこそ、君に彼らと同じことをして欲しくはない」

それを聞いて私は返す言葉をなくす。

……それは、私だってそいつらと同じようには思われたくはない。

ただ、そんなやつらのいる場所で、ツキヒコがこの先何十年も生きていかなくてはいけないのかと思うと、酷くやるせない気持ちになった。

……こいつはそれで本当に良いのだろうか。

自分のことを忌《い》み嫌《きら》う奴らに囲まれて、毎日の様に心の内で馬鹿にされ、気分次第で暴力を振るわれる。

「もう村に戻るな」

その言葉は自然と口から溢《あふ》れ出た。

そうだ、戻らなければいい。このままずっとここにいればいい。

そうすれば、もうこんな酷い目にも遭わないのだから。

しかし、私の言葉には一向に返事が返ってこなかった。

見ると、ツキヒコは拳を握りしめ、神妙な面持ちで立ち尽くしている。

その姿に、私はこいつとした約束のことを思い出した。

私がこいつに「家を建てろ」と言った時、もう一つ、「家を建てたら消えろ」とも言ったのだ。


そう、初めから私たちの繋がりは、この家が完成するまでのものと決まっていた。

だと言うのに私はなにを言っているのだろう。

ツキヒコのこの表情も、そのことから来るものだろう。こいつが約束を律儀《りちぎ》に守り続ける男だということは、この三年間で痛いほど理解していた。


「……すまん、忘れろ」


そう言った途端、再び目からは涙が溢れようとした。

寂《さみ》しい。

寂しくてしょうがない。離れるのは嫌だ。

あぁ、何故私はあの時あんなことを言ってしまったのだろう。馬鹿だ。どうしようもない大馬鹿者だ。


「……ごめん」


ツキヒコは絞り出すようにそう言った。

解っていたことだ。何も不思議なことはない、至極当然《しごくとうぜん》のことだ。

……それでも、何処《どこ》かで期待してしまっていた自分が酷く恥ずかしく思えて、どうしようもなかった。

さぁ、早く家を完成さえてもらわねば。

とっとと消えてもらえば、私だって一人きりの……

「僕の嫁になってくれないか」

「……はい」

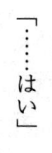

私は抱き寄せられていた。

人の、ツキヒコの温度を感じたのはこれが初めてだ。

頭の中にあった悩みは、何処かに解けてしまったかのように、綺麗さっぱりなくなってしまっていた。

涙は悲しくて、辛い時に流れるものではなかっただろうか。

こんな時に流れてくるなど、どうかしている。

「ごめん。約束、破ってしまったね」

ツキヒコのそんな律儀で面白みのない言葉を、私はいつものように「馬鹿」と罵《ののし》ったのだった。

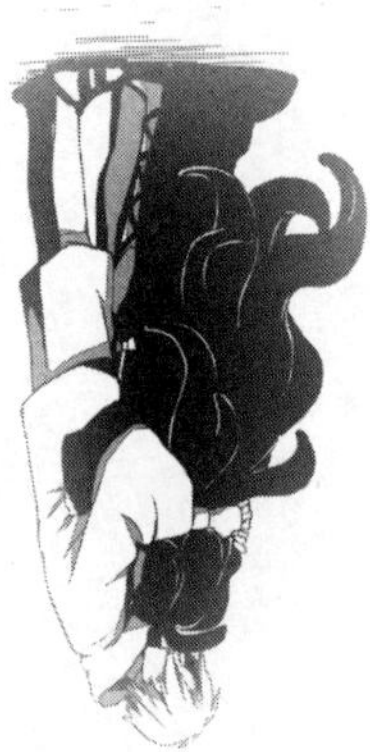

１０７２日目。


真夏日。

怠いくらいの快晴だった。

空は透き通る様な青を携《たずさ》え、吹き抜ける風が白雲をまばらに散らす。

「随分《ずいぶん》かけおって。待ちくたびれてしまったぞ」

私がそう言うと、ツキヒコは「いやぁ、めんぼくない」と言って頭をかいた。

ついに完成した我が家は、不格好《ぶかっこう》ながら中々《なかなか》に満足のいく出来だった。

ちょっとやそっとの事では、崩れたりもしないだろう。

なにせ私の直々《じきじき》の指導の元に生まれたのだ。これで崩れたのなら、完全にツキヒコが悪い。

「色々《いろいろ》と言いたいところはあるが、まぁ、形になっただけ褒めてやろうじゃないか」

「あはは。ありがとう。いやぁ、でも感慨深《かんがいぶか》いなぁ。作ろうと思えばこんな大きいものも作れるんだねぇ」

そういうツキヒコは家の外観を眺めて感傷《かんしょう》に浸《ひた》っている様だった。

三年かけた超大作だ。大層《たいそう》嬉しそうにしおって、純粋なやつめ。

しかし、大作《たいさく》と言えば、少々気になっていることがあった。

「……なぁ、ツキヒコ」

「ん？　なんだい？」

嬉しそうに振り返るツキヒコ。

「この家、最初に私が希望した大きさよりも、だいぶ大きくないか？」

ビクッと身体を揺らし笑顔のまま青ざめるツキヒコ。

「え、え～っと……ごめん。実は期待を込めるつもりでちょっとばかり……」

ツキヒコは気まずそうに答えた。

まったく、結局こいつ、最初からここを去るつもりなんてなかったんじゃないか。

すっかりツキヒコの思い通りになってしまったのは悔しくもあるが、同時に照れくさい気分にもなってしまう。

「……別にいやだとは言ってないだろう」

私がそういうと、ツキヒコの表情はパッと明るくなった。

「よかった！　いやぁ、もう一軒建てろなんて言われたらどうしようかと思ったよ」

「お、お前私をなんだと思っているのだ！　……良いから早く中に入るぞ」

ツキヒコを置いて玄関を目指そうとすると、ふと家の外壁の下、綺麗《きれい》に刈《か》り取られた草の中に、一輪《いちりん》の花が咲いているのをみつける。

なんだってこいつだけ咲いているのか、と思い私がその花に近づくと、気づいたツキヒコから「あぁ、その花。なんだか可愛《かわい》くってそのままにしてあるんだ」と説明が入った。

花が可愛いとは、また随分とかわいいやつだ。もう少し男らしくしてほしいものなのだが、そこがこいつらしい所でもあるのだから、複雑だ。

濃い桃色その花は、たった一輪だけだというのに、健気《けなげ》に咲《さ》き誇《ほこ》っていた。

「……これはなんという花だったたか」

私がしゃがみ込んで眺めていると、ツキヒコもとなりにしゃがみ込んだ。

「わ、知らないのかい？　君が知らないだなんて珍しいねぇ」

「ば、馬鹿を言うな。ちょっと思い出せないだけだ……も、もったいぶらずに早く言わないか！」

私がせかすと、ツキヒコはクスっと笑い、その花を優しく撫《な》でながら応えた。

「この花の名前はね……」

チルドレンレコードⅤ

「どうしてそんなことというのッ⁉」

マリーはすごい剣幕《けんまく》で、そう怒鳴《どな》り散らした。

左右に垂《た》らした髪は、マリーの感情を現すかの様にブルブルと大きく波打つ。

両のピンクの瞳は、マリーの荒《あら》げる息に合わせる様にボッ、ボッ、と深紅《しんく》の色に塗り変わった。

「お、おいマリー。シンタローだって悪い意味でそう言った訳じゃないだろう。それにもしかするとっていう話だ。そう怒鳴ること……」

キドの言っていることは半分当たっているが、半分は外れていた。

俺は、先ほどの話に対して「もしかすると」なんて認識はしていない。

それが「真実」だと、確信しているのだ。

キドの言葉にマリーは「うううぅぅ……！」と何か言いたげな呻《うめ》き声を漏《も》らし、ボロボロと涙をこぼした。

コノハはその涙におどおどとしだし、俺とマリーの顔を交互に見返す。

「わ、私っ……外に行ってる……！」

「おい、マリー……！」

勢い良く立ち上がったマリーは、キドの静止の声も無視して外へ飛び出して行ってしまった。

「ぼ、僕、追いかけてくるっ！」

そう言うとコノハも、マリーの後を追うように外に飛び出して行った。あいつの足だ。恐らく簡単に追いつくだろう。

部屋の中には俺とキドの二人だけが残った。キドは小さく「はぁ……」と溜《た》め息《いき》をつき、深く椅子に座り込む。

「なぁ、キド。お前はどう思う」

俺がそう問いかけると、キドは頭をがしがしとかきながら「オレはお前と全《まった》く同意見だ」と答えた。

「なんかマリーに悪いことしちまったな。結局マリーに取ってみれば『自分のばあちゃんが原因で皆に迷惑がかかってる』って話に聞こえちまうもんな」

「いや、しょうがないだろう。あとであいつにもしっかり解《わか》る様《よう》に話してやれば、大丈夫さ」

俺はキドと対面になるように、マリーの座っていた椅子に腰掛《こしか》けた。

頭の中で整理したつもりではあったが、正直、未《いま》だに飲み込めないことが多すぎる。

「まぁ、これでマリーが何者なのかってことはだいたい解ったな」

「あぁ、流石にここまで正確に書かれているんだ。無理矢理《むりやり》にでも理解するしかないだろう」

キドはそう言うと、開かれた日記をぺらぺらと捲《めく》った。

「化《ば》け物《もの》……か。結局いつの時代も人間は変わらないんだな」

そういうキドの表情はどこか物悲《ものがな》しげだった。

こいつらもこの日記に書かれていたような扱いを受けてきたのだろうか。

少なくとも、一人一人がその因子《いんし》を受け継いでいるのは間違いないのだから、多かれ少なかれ嫌な思いをしてきたはずだ。

「それにしても、やっぱり一番の原因って、この「目が『冴《さ》える』」って能力だよな」

「あぁ、どう考えてもそうとしか思えない。ただ……これは能力と呼べるのか？」

キドの意見も、もっともだ。日記に登場した「10の能力」の中、この「目が『冴える』」能力だけが、どう考えても異質だった。

「いや、わからねぇ。少なくとも『使っている』って感じじゃねぇのは確かなんだが……」

日記を読む限りだと、実際に本人はそれを「能力」として認識している様子はなかった。

しかし、本当にこの能力たちが「あの世界」を作ったのだとしたら、『冴える』がそれの一つとしてカウントされている以上、そう認識した方がいいのだろう。

「とりあえず、現状俺たちが認識している『能力持ち』の人間はマリーを抜いたとして五人ってとこか」

「ヒビヤに関しては、今のところどれが宿っているのかは解らんがな。お前はコノハもそうだと思ってるんだろう？」

「あぁ、まず間違いねぇと思うぞ。生身の一般人が何十mもひとっ飛び出来る訳ねぇだろうしな」

日記の内容には、コノハの能力と思われるものが出てこなかった。

だとするなら、詳細の語られなかった二つの能力「目が覚《さ》める」と「目が醒《さ》める」のどちらかなのだろうか。

「とりあえず、コノハを含めると六人。あと四つの能力者が未確認ってことか……」

「仮にその『冴える』を持ったやつに会うことが出来れば、『あの世界』に関する情報を聞けるかも知れないいんだよな」

「こっちの世界にその能力が出てきてるとしたら、な。そうじゃないんだとしたら、どうすることも出来ねぇけど」

結果としてこの日記から得た情報は、膨大《ぼうだい》なものだった。

完全に未知《みち》だった「あの世界」と「能力」の謎が見事に繋《つな》がり、今では一つの道しるべのようにさえ思える。

俺たちは、この一連の事件の真相がもう少しで見えてくるか、というところにまで来たのかも知れない。

このままうまく行けば、「あの世界」を攻略し、いなくなった人たちすら取り返せるかも知れない。

「『あの世界』か……」

「『あの世界』な……」

そこまで言って俺とキドは押し黙った。いや、多分《たぶん》同じことを考えているのだろう。

「……これ、なんか名前決めねぇか？　呼びにくくてしょうがねぇんだが」

「奇遇《きぐう》だな。俺もそう思っていたところだ」

とは言ったものの、俺に名前をつけるセンスなんてものは無い。まぁ、別にかっこつける必要もない訳だし、適当に呼びやすい名前でも……

「『カゲロウデイズ』ってのはどうだ」

そう言って、キドは目をキラリと輝かせた。

あぁ、これ多分自信あるやつだ……と俺は、半《なか》ば引《ひ》き気味《ぎみ》に察した。

案《あん》の定《じょう》キドの表情は、「ヤバいの来ただろ」と言わんばかりに、俺のリアクションを待っている。

「ちなみに『カゲロウ』ってのは現れてすぐ消えるていう意味でだな。デイズっていうのは『眩《くら》む』っていう意味で……」

　あぁ、しかもなんか説明し始めた。

　滑ったネタを掘り返して説明しているようで、ものすごい歯痒《はがゆ》い。正直やめて欲しい。

「お、おう。わかった。良いんじゃねえかなそれで……」

「いや、まて。聞いてくれ。デイズっていうのはもう一つ意味があってだな……」

　いやいやいや、めんどくせぇぞこれ。

　今終わっただろこの話題。どんだけ意味込めてんだよ。

　意味とか知らねぇよ良いって言っただろうが。

「よ、よし！　まぁ、話もそこそこ纏《まと》まった訳だし、そろそろ帰ろうぜ。暗くなっちまったら帰りも大変だしな」

「ん？　あぁ、それもそうだな。この名前の意味の続きは、またアジトででも話すか」

　勘弁《かんべん》してくれよ。ぶっちゃけそんないい名前でもねぇよ。

　いや、まぁアジトに帰る頃にはこいつも忘れてるだろう。

　とりあえず、ここで長々とこの話を聞くのは苦痛すぎる。早いとこアジトに帰って、俺の代わりをモモあたりになすり付けよう。

椅子《いす》を立ち、玄関へと向かう。

ドアを開けると直射日光のせいもあって、体感温度《たいかんおんど》は格段《かくだん》に上がった。

ここからまたあの道を帰るのだと思うと、それだけでどっと疲れた気になってしまう。

コノハにおぶってもらって……いや、ダメだ。あいつはリュックを背負っていた。

ならいっそ抱きかかえてもらって……いや、来るときはマリーを抱きかかえてたんだったか。どっちにしろダメだ。

「さて、マリーはどこだろうな」

俺のあとに続いて家を出たキドは、後ろ手に扉を閉めながらそう言った。

マリーは「外に行ってる」とは言っていたが、そう遠くに向かう時間もなかった訳だし……。

キドと共《とも》にプラプラとあたりを見回すと、丁度《ちょうど》家の裏手《うらて》にあった茂《しげ》みの奥に、白いモコモコしたシルエットがチラついていた。

「お、いたいた。お～いマリー、さっきはごめんな！　戻ってこいよ～！」

俺がそう言うと、遠くにいたマリーは何やら叫んでいるようだったが、距離が遠すぎてうまく聞き取れない。

「なんて言ってんだ……？」

仕方《しかた》がないので茂みを分けて進んで行くと、マリーの姿はしっかり確認出来るまでに近づいてきた。

マリーは相変わらずなにか叫んでいるが、一体なんと言っているのだろうか。

とりあえず奥に進んでみると、ある一定の場所から、目の前の茂みが綺麗さっぱりなくなっていた。

ギョッとして足を止める。

すると、泣きじゃくっているマリーの「助けてぇ」という情けない声が、はっきりと聞こえてきた。

恐る恐る近づいてみると、茂みが途絶《とだ》えた場所からマリーが立っている場所までの幅五mほどが崖のようになっている。

「ま、マリー!?　お前なんでそんなとこにいるんだよ！」

どうやってこの距離をそんなところまで渡ったのかと見回すと、少し離れた場所に丸太が一本橋のようにかけてあるのが見える。

マリーは「は、はぢにおいがげられで～」と言いながらビービーと盛大《せいだい》に泣いていた。

恐らくマリーは「蜂《はち》に追いかけられて」と言ったのだろう。

ということは、蜂から逃げている最中あの丸太の上を渡り、対岸に行ったということだろうか。

「どういう状況だよ……」

するとと後ろからついてきていたキドが、その状況を認識したのか「マリー⁉」と驚きの声を上げた。

「おい、どうすりゃ良いんだこれ……」

「どうするもこうするも、なんとかして助けてやらんといかんだろう。そうだ、コノハはどこに行ったんだ？」

そうだ、あいつならこれくらいの崖、何でもないだろう。

対岸まで飛んでマリーを担ぎ、再びこっちに飛んで戻ってくることくらい雑作《ぞうさ》もないはずだ。

「そうだよな、あいつあのタイミングで飛び出して……」

『迷ったのか』

俺とキドは揃って肩を落とした。

現にここにあいつがいないということは、そう言うことなのだろう。あいつはどこに向かって走っていってしまったのだろうか。

しかし、とにもかくにも、現状あいつがいなければどうすることも出来ない。

あの様子を見る限り、マリーに「もう一度あの丸太を渡れ」と言うのは、流石に酷《こく》だろう。

かといって俺が渡って連れてくるなんてことは、その何倍にも増して不可能だ。まず根本的に向こう岸にまで渡る度胸《どきょう》がない。

「とりあえず、コノハを待って……」

そう言おうとした次の瞬間、視界に何か黄色くて小さい物体が映り込んだ。

それは羽をブブブブと羽ばたかせ、ものすごい勢いで眼前に迫ってくる。

蜂だ。

「ぎゃあああああッ!!」

俺は突然の出来事に大きく身体をねじる。

一刻《いっこく》も早くこの場から離れなくては、一刻も早く……

そう思って足を踏み込んだ瞬間、俺の足は地面の変わりに見事に空を蹴《け》った。

……やばい、失敗した。

驚いたキドの顔が視界に映り、勢いよく小さくなっていく。

ものすごい力で引きずり込まれる様に、俺の身体は崖の底目掛けて急降下を始めた。


……あぁ、ダメだ。これは助からない。


余《あま》りに遠くなりすぎたキドの姿をみて、俺は自分の最期《さいご》を察《さっ》した。

これは、相当痛いんだろうな。そりゃそうか、この高さなのだから。

そういえばアヤノが死んだ時も、そんな事を考えていた。屋上から見ただけでは何も解らなかったが、そうか。こういう感覚だったんだな。

「アイツ、怖かったろうな」

そう呟《つぶや》いて目を瞑《つむ》った直後、身体にガクンと衝撃《しょうげき》が走り、俺は意識を失った。

＊

俺が目を開いた瞬間、飛び込んできたのは腹から夥《おびただ》しい量の血を流し、ビクビクと震えるコノハの姿だった。

直感的にこいつが俺を助けてくれたんだと、気がついた。

身体はどこも痛まなかったが、目の前の光景に心臓が潰《つぶ》れるのではないかというくらいに押し潰される。

コノハの横には丁度人間の腕くらいの太さの枝が、地面から突き出すように生えていた。

枯《か》れ果《は》て、先端が尖《とが》ったその枝にも、ベッタリと血が付いている。

あれが腹に突き刺さったのだろうか。


遥《はる》か頭上からなにか叫び声が聞こえるが、今はそんなことを気にするよりも、目の前のこいつを救う手段を考えるので頭は精一杯だった。

携帯は繋《つな》がらない。

運んでも間に合わないだろう。

それ以外に何が出来る？

応急処置。だめだ、その程度でどうこう出来るレベルじゃない。

なにか。なにかないだろうか。こいつを助ける方法がなにか……


「どうして俺なんか……ッ！」

徐々《じょじょ》に震《ふる》えも小さくなるコノハに、俺はそんな事しか言えなかった。

そんな俺の言葉に、コノハは弱々《よわよわ》しく何かを呟いた。

それと同時に血を吐《は》き出したことで、ゴポッという音に言葉のほとんどがかき消されてしまったが、間違いなくコノハは「友達だから」と言った。

身体が震え、涙が溢《あふ》れる。

俺はこいつに何かしてやっただろうか？

いや、何一つしてやれたことなどない。

それだというのに、コノハ俺をかばって、もう動かなくなってしまったのだ。

コノハの瞳《ひとみ》からは既《すで》に光が失われているというのに、流れる血だけが依然として地面に広がり続けた。

……おい、頼むからなんとかしてくれよ。コノハの身体の中にいるんだろ。

友達なんだ。助けてやりたいんだ。頼む、頼むから……

俺が祈った次の瞬間、一瞬空気が凍り付いたような気がした。

なにか恐ろしい生き物に睨《にら》みつけられたような、そんな感覚だ。

そう思ったのもつかの間、動かなくなったコノハの身体から無数の黒い蛇《へび》が飛び出し、コノハの身体を縛《しば》り上げて行く。

先ほどまで光のなかったコノハの両目は赤黒く煌《きら》めき始め、コノハの心臓が脈打つドクンドクンと言う音がこの距離にいても聞こえてくる程に鳴り出した。

無力な俺はただただ呆然《ぼうぜん》と、目の前で友人が造り直されて行く様を眺《なが》めていることしか、出来ずにいたのだった。

シニガミレコードⅣ

　窓際に置かれた机の上は、ろうそくの灯《あか》りによってぼんやりと照らされていた。

　最初の日記を書き終えた私はペンを机に起き、改めて内容をマジマジと確認する。

「ん～こんなもので良いのだろうか」

『日記』自体の存在は知っていたものの、実際に書いてみると、これはなかなかに難しいものだ。

　今日はとりあえず「外出」という少々大きめな出来事があったからよかったものの、明日からは一体何を書いたものか。

　しかし、一通り読み返してはみたものの、今日の日記でさえ正直面白い内容とは言いがたかった。

「最初こそ気合いを入れて書かねばと思ったのだが……これでは全然かっこがつかないではないか」

　私は自分の文才《ぶんさい》のなさにほとほと呆《あき》れ返ってしまった。

「そうかい？　とても素敵だと思うけど」

突如《とつじょ》後ろから声をかけられ、堪《たま》らず私は「うわぁっ！」と叫ぶ。

ツキヒコはいつもと変わらぬ笑顔で「あはは。ごめんごめん」と言って頭をかいた。

「なっ……！　勝手に覗《のぞ》くやつがあるか！　この馬鹿者《ばかもの》が！」

まさかこいつに覗かれていたとは、油断していた。変なことは書いていなかったよな……。いや、大丈夫なはずだ。

「いやぁ、僕も登場させてくれるなんて、うれしいなぁ」

ツキヒコは照れくさそうにそんなことを言うが、こいつは蜂に追われた痴態《ちたい》を書かれたというだけで何をそんなに喜んでいるのだろうか。

「ふん、登場人物が少なかったから、しょうがなく書いただけだ」

別に日記に登場人物もクソもないとは思うが、ただこいつを喜ばせるのはなんだか癪《しゃく》なので、そういうことにしておく。

「もう、シオンは寝たのか？」

「うん、今日は外で沢山《たくさん》遊んだからねぇ。もうぐっすりだよ」

シオンも随分《ずいぶん》大きく育ってくれた。

正直、まさか自分が子育てをすることになるとは思いもしなかったが、何とかなるものだ。

私とこいつの子ということもあって、正直不安は山ほどあるが、それでも今は毎日が幸せだ。

「シオンは……この先もちゃんと育ってくれるだろうか」

私がそんなことを言うと、ツキヒコはいつものように私の頭を撫《な》で「ちゃんと大人になって、アザミみたいな美人になるよ」と答えた。

いや、別にそこまで言ってくれとは頼んでいない。小《こ》っ恥《ぱ》ずかしいからやめろといつも言っているのに、こいつのコレは本当に治らん。

「ん〜……僕も大分《だいぶ》眠くなってきたよ。もうそろそろ休もうかな」

そう言ってツキヒコは大きなあくびをする。

眠たそうにするツキヒコの顔は、初めて会ったあの日から比べると、もう随分と老け込んだ。

そりゃあ人間なのだ、歳も取る。

そんな身体でシオンと一緒に散々《さんざん》走り回ったのだ。こいつも相当疲れたのだろう。

「そうか。ゆっくり休むといい」

しかし、ツキヒコは少し寂《さび》しげな表情を浮かべたかと思うと、こんな事を言い始めた。

「アザミ、たまには一緒に休まないかい？　シオンもいるし、どうかな」

ツキヒコの言葉に胸が小さく痛むが、私はそんな素振りを見せることもなく、気丈《きじょう》に振《ふ》る舞《ま》った。

「……馬鹿者。私は眠ったりなどせんのだ。一晩中お前の横で暇《ひま》をしていろというのか？」

「あはは。それもそうか。ごめんごめん」

ツキヒコはそういって笑ったが、やはりどこか寂しそうだ。

「大丈夫、また明日も一緒なのだから」

私がそういうとツキヒコはニッコリ笑い、「わかったよ、また明日ね」と言って再び私の頭を撫でた。

寝室に消えて行くツキヒコを小さく手を振って見送る。

その姿が見えなくなったところで、必死に隠していた寂しさが胸の奥から滲《にじ》み出した。

ツキヒコがあんなことを言ったのは、日記に迂闊《うかつ》なことを書いたからだろうか。

あいつのことだ、そんな事は気にしないはずだが……

『あと何回、三人で夏を迎えられるのだろうか』

日記に書いたあの言葉が、自分で書いたものだというのに、やけに残酷《ざんこく》に感じられた。

ツキヒコにこそ内緒《ないしょ》だったが、最近の夜はよくこんな事ばかり考える。

あいつと一緒にいると忘れてしまいがちになるのだが、時の流れが絶対にそれを許さないことも、私は知っていた。

……恐らくあいつとは、そう長く一緒にいられないだろう。

まず間違いなく、あいつは寿命《じゅみょう》で私より先に死んでしまうのだから。

しかしそんな事、初めから知っていたはずだ。

何故《なぜ》今になってこんな事を悩むようになったのだろうか。

それは、あいつと一緒にいられなくなるのは、寂しい。

そんなことを考えただけで、ジワジワと涙が滲んでくる程《ほど》に、寂しい。

だが、だからといって最初から一緒にいなければ良かったなんてことは、まったく思わないのだ。

あいつと出会い、シオンが生まれ、三人になった。

共《とも》に過ごすこの時間は、私に取って掛《か》け替《が》えのないものだ。

だから、いいのだ。これからの日々を今以上に大事に生きてけば、それで。

そんな貴重な日々を、悲しいことを考えて過ごすなんて、もったいないことだ。

それこそ別れの時が来た時に、思い切り泣いてやれば良い。

「何故先に死んだのだ。ずっと一緒だと言ったではないか」と散々《さんざん》罵《ののし》ってやろう。

あいつは私のそう言うわがままに酷《ひど》く弱いから、きっと大層困るはずだ。

いつものように頭をかきながら謝ったところで、許してなどやるものか。うん、実にいい気味だ。


そんな事を考えていると、気づけば涙がポタポタと日記の表紙に垂れ落ちていた。

息が苦しい。抑《おさ》えても抑えても、寂しいという気持ちが溢《あふ》れ出してくる。

さっき涙は取っておくと考えたばかりではないか。馬鹿か、私は。

……嫌だ。離れたくない。ずっと一緒にいたい。


頭の中がそんな言葉で埋《う》め尽《つ》くされて、次第にボーッとなっていく。

泣きすぎたのだろうか。なんだか不思議な気分だ。

考え事をしようという訳でもないのに、自然と目を瞑《つむ》りたくなってしまう。

一体なんなのだ、これは。

よくわからないが、悪い気分ではない。

寂しさがやわらいでいくようだ

少しずつ

少しずつ

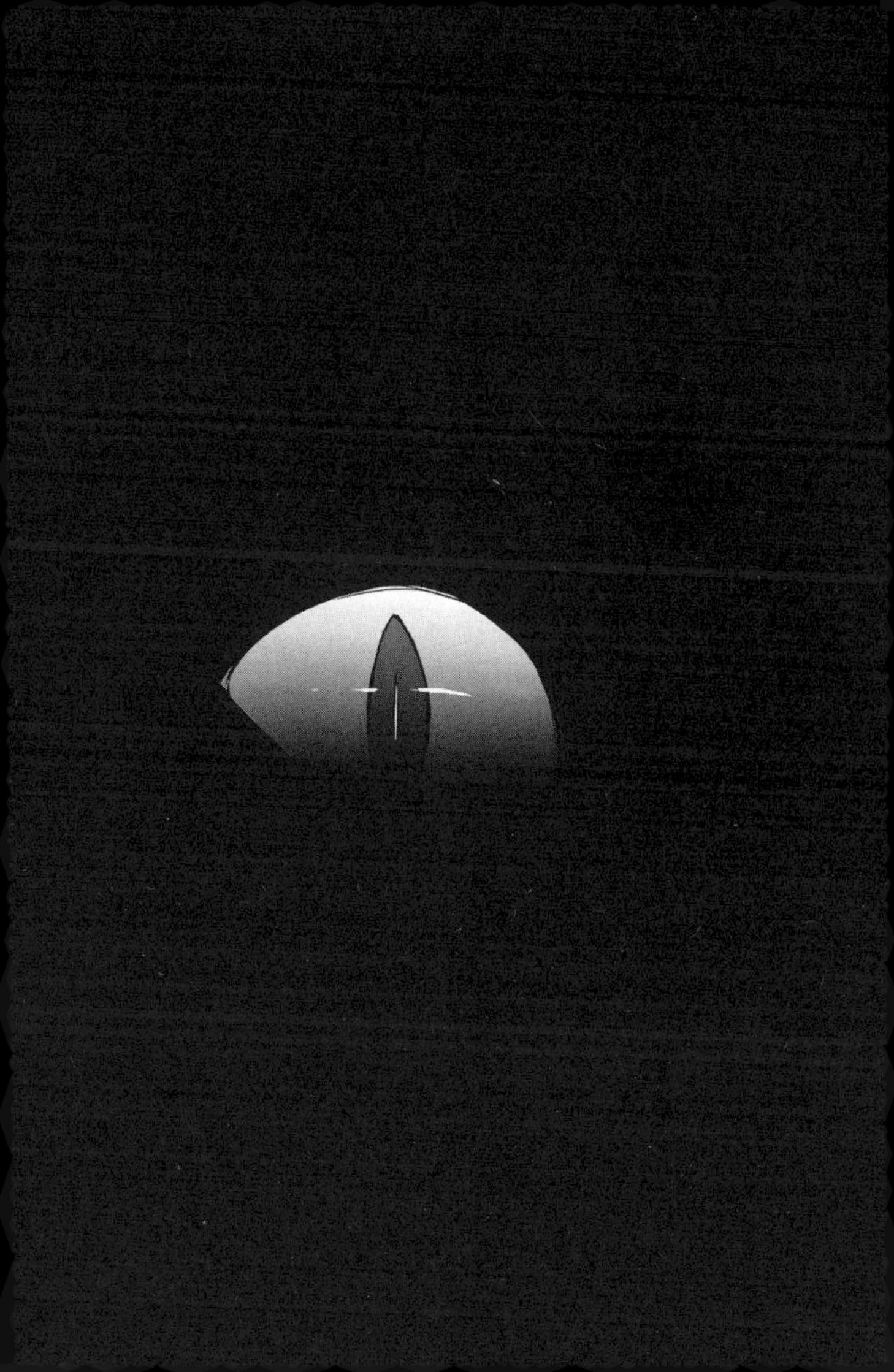

ようこそ。

ようこそ、我《わ》が主《あるじ》よ。

あぁ、やっと身を任《まか》せる気になったのですか。

随分とやつれたご様子だ。さぞ辛《つら》い思いをされたのでしょう。

まったく、この時をどれだけ待ちわびたことか。

なにせ、いつもここで待ち続けていたというのに、一向《いっこう》に気づいて下さらないのですから。

しかし、ここに来たということは、それほどまでに叶《かな》えたい望みがあるということでしょう？

あぁ、いえいえ。みなまで仰《おっしゃ》っていただかなくても構《かま》いませんよ。

何を言っているんですか、あなたは私、私はあなたなのですから、解《わか》らないことなどあるはずがないでしょう。

ええ、ええ知っていますとも。

なるほどなるほど。

……これはまた随分と珍妙《ちんみょう》な！

あぁ、いえいえ、聞き流していただいて結構です。

それにしてもこのようなことでお悩みとは、主、あなたも随分と変わられたのですね。

しかしどんな主、どんな願いだとしても、それを叶えるための私なのですから、どうぞご安心を。

さて、あの人間と永久に共に暮らしたい。と、いうことですが、結論から申しますと、この世界ではまず不可能でしょう。

あぁ、そんなに悲観《ひかん》なさらないでください。

「この世界では」と申したではありませんか。

そうですそうです。

当然、「ではどの世界なのか？」ということになりますね。

お教えしましょう。そのためにここまでご足労《そくろう》いただいたのですから。

そう、あなたの持つその能力。それを使うのです。

その能力達は、それこそ使い方次第でどんなことだって出来てしまいます。

先ほど申し上げました通り、あなたの望みはこの世界において、まず叶うことはないでしょう。

残念ながら、その理由をあなたにお伝えすることは出来かねるのですが、何とぞご了《りょう》承《しょう》ください。

しかし、だとするならば新しい世界を作ってしまえばよいのです！

例えば、終わらない時を繰り返す世界などはいかがでしょうか。

あなたの愛するあの人間、そして娘と共に永久にそこで過ごすのです。

それはもう、あなたの力を持ってすれば雑作《ぞうさ》もないこと。

ええ、もちろん！　他でもないあなたのお力なのですから、あなたに使えないはずがないでしょう。

……

……おっと、そろそろお時間のようですね。

次にいらっしゃる時には、また詳しい話をお聞かせしましょう。

私はいつだってここでお待ちしておりますよ。

ええ、なんなりとお聞きください。

では、また次のよき夢でお会いしましょう。

チルドレンレコードⅥ

日中の暑さもそこそこに和《やわ》らぎ、外は幾分《いくぶん》か過ごしやすくなっていた。

まだ空は紫がかっているというのに、街灯《がいとう》にはポツポツと明かりが灯《とも》り始める。


「ま、マジかよ……」


俺は一瞬自分の目を疑ったが、なんど確認したところで、目の前の出来事は確かな「現実」だった。

アジト近くの自動販売機前。

『当たりが出たらもう一本！』などという謳《うた》い文句《もんく》を「んなわけあるかい」と蹴《け》り飛ばして生きて来た俺だったが、目の前の自動販売機の陳腐《ちんぷ》な電子ルーレットは、間違いなく「大当たり！」の点滅を繰り返している。

「都市伝説じゃなかったのか……！」

飲料受け取り口に手を突っ込むと、ひんやりとしたペットボトルの感触が確かに2本。

取り出してみると、間違いなく魅惑《みわく》の黒色炭酸飲料が二本、そこに存在していた。

手の平から身体へと幸福エキスが流れ込んでくる。

あぁ、今すぐにでもこれをぐいっとやれれば最高なのだろうが、今回ばかりは俺も我慢を決め込んだ。

「二本買う手間がはぶけたぜ」

そう言って一本の炭酸飲料を手渡すと、コノハは「あ、ありがとう」と飾り気の無い感謝の言葉を口にした。


自動販売機の横に二人並んで立ち、勢いよく炭酸を身体にぶち込んで行く。

シュワシュワと弾ける糖液《とうえき》が喉《のど》から食道、そして胃にいたるまでの器官を、甘く激しく刺激していく。

あぁ……これだよ。これなんだよ。

炎天下でのデス・ハイキングを終えた者しか至ることの出来ない、まさに「境地《きょうち》」。

俺は今まさにその頂《いただき》で、炭酸飲料との魂の対話を始めたのだ。

語らえば語らう程に深く、激しく、艶《なまめ》かしい狂乱《きょうらん》の宴《うたげ》。

あぁ、そうだったのか。炭酸とは神が等しく人に与えた天上《てんじょう》へのパスポートなのだ。

「炭酸よ永遠なれ……」

「な、なに言ってるの？」

しまった。

余《あま》りに炭酸しすぎていて、コノハをすっかり置いてきぼりにしてしまっていた。

しかし、コノハの手に持った炭酸飲料が、すっかり減っていることに気がつき、俺は堪《たま》らなく嬉しい気持ちになった。

「うめぇだろ」

俺がそう言うとコノハは激しく二度頷《うなず》いた。

そんな事をしているうちに、空はすっかり黒色炭酸飲料色になっていた。

こんな真夏で陽も長いというのに、もう暗くなってしまうのか。

「時間ってのは、あっと間に過ぎちまうな」

コノハもボーッと空を眺めている。

ペットボトルに隠れてしまっているが、服には大きな穴があいていた。

俺は勢いよく残りの炭酸飲料を飲み干し、容器を自販機横のゴミ箱に突っ込んだ。

「なぁ、コノハ」

「なに？」

コノハは相変《あいか》わらずの無表情で、こちらをただただ見つめている。

俺はだんだん、これがこいつなんだと理解し始めていた。

顔には出さないが、こいつの心の中は無表情なんかじゃあない。

不思議で変なやつだと思っていたが、とんでもない。随分《ずいぶん》ふつうの「いいやつ」だ。

「さっき俺のこと、友達って言ってくれたよな」

俺がそう言うと、コノハは「うん」と短く返した。

「だったらよ。一人だけ痛い思いしないでくれよ。寂《さみ》しいじゃねぇか」

俺はこいつに命を救われたのだ。

そんなことを言う様な立場じゃないのは解《わか》っているが、もう、あんな思いは絶対にしたくなかった。

コノハは解っているのかいないのか、もう一度「うん」と短く返した。

なぜだかその「うん」が、先ほどの「うん」よりも、こいつなりに気持ちを込めたもののような気がして、俺は少し嬉しくなってしまう。

「……そろそろ戻るか。団長に怒られちまうな」

「うん」

少し歩くと「107」と書かれたプレートの貼ってある、胡散臭《うさんくさ》い建物が見えてきた。

ドアを開けて中に入ると、キドとマリーが同時に「おかえり」と俺たちを迎え入れてくれる。

流石《さすが》にくたくただ。

ソファに腰を落とし、ぐったりと天井をみつめる。

ボーッとしていると、マリーはコノハの服に開いた穴をチクチクと縫《ぬ》い始め、キドは「カゲロウデイズ……」とやたら気に入ったのかその単語を口に出していた。

ふいに玄関の開く音が聞こえ、ドスドスと特徴的な足音が部屋に飛び込んでくる。

聞き慣れたその声に、俺は最後の力を振り絞《しぼ》りこう言った。

「あぁ、おかえり」

ヘッドフォンアクターV

「……ここ、さっきも通ったとこですよね」

特徴的な電子書籍サイトのバナー広告の前で、私はそう呟《つぶや》いた。

広告にもたれかかり「はぁ……」と大きく溜《た》め息《いき》をつく。

「自分の家への帰り道も忘れちゃうなんて……私としたことがなんたる不覚《ふかく》」

日々情報が錯綜《さくそう》し続けるこの世界は、一つ瞬《またた》きをするごとにその姿を変えていく。

昨日通ったガーデニング系のサイトが、ふと気がつけばちょっといかがわしいコスプレサイトに。

若手バンドマンが魂《たましい》の歌詞を載《の》せ続けていたバンドホームページが、謎のランキングサイトに。

なんてことは日常茶飯事《にちじょうさはんじ》だと、私は痛い程《ほど》に知っていたはずだったのだが、流石《さすが》に二年の歳月《さいげつ》ともなると話は別だ。

「う～……なんか良いアイディアはないですか～っと」

そういって手をパタパタと振ってみるものの、袖口《そでぐち》から良いアイディアが溢《あふ》れてくることはなかった。

いつの間にか、私はすっかりエネになってしまっている。

アレだけ疎《うと》ましかった睡眠欲《すいみんよく》は綺麗《きれい》さっぱり吹き飛び、二十四時間元気いっぱい、ご主人のアイドルエネちゃんとして生活してきたのだが……。

「やっぱり本当だったんですよね。あの話。でもあのニセモノさんだけがこんがらがるううう！」

私はそういってうがああっと暴れてみせる。

プカプカと仰向《あおむ》けに浮かび、ボーッと周《まわ》りを眺《なが》めてみると、際限無《さいげんな》しのこの空間にはいつも通りの電子欲が満ちあふれていた。

「ま、こんな世界の方が「ニセモノ」なんですけどね」

そういって私はくるんと一回転し、いよいよ本気で家路《いえじ》を目指すことにする。

私は人差し指を立て、そのまま中空にＵＲＬを書き連《つら》ねて行く。

「当たるも八卦《はっけ》、当たらぬも八卦！　こんな感じでしたよね～っと！」

そのまま勢いに任せて書ききると、何処《どこ》からともなく見慣れたウィンドウが出現した。

「イエスっ！　大当ったりぃっ！」

華麗《かれい》にピースサインを決め、勢いよくそのウィンドウに飛び込むと、小さな真四角の空間に辿《たど》り着いた。

「いや〜懐《なつ》かしいですね〜あんまりいい思い出ないですけど」

散々《さんざん》泣きじゃくった場所だ。

そりゃあいい思い出なんてあるはずもない。

空間の側面には「受信メール」「送信済みメール」など様々《さまざま》な項目が並んでいた。

その中から「お気に入り」を選び、一番上にきたメールを開く。

「大分《だいぶ》遅くなっちゃった、ごめんね」

そういって私は、二年前に選ぶことが出来なかった「返信」の項目をタッチした。

件名：遅くなっちゃったけど

本文：

返信、大分遅くなっちゃってごめんね。

信じられなくて、どうしたら良《い》いか解《わか》らなくて、ずっと逃げてしまって、ごめん。

でも言ってた通りだった。
もう皆集まり出してるし、私も結局引き寄せられたみたい。

遅すぎるかも知れないけど、ここから私に出来ること、頑張ってみるね。

あと、あいつやっぱり巻き込まれちゃったみたい。
モモちゃんもそうだったのにはビックリしたけど……。

でも、大丈夫そうだよ。
自分で選んで進んでる。男の子だね、やっぱり。
アヤノちゃんはそっちにいるんだよね。ごめんね、絶対助けに行くから。

じゃあ、行ってきます。
『冴《さ》える』ってやつを倒したら絶対……

絶対また会おうね！

榎本《えのもと》　貴音《たかね》

〜あとがき『目が腐る話』〜

いつもお世話になっております、じんです。

さて、四巻はいかがだったでしょうか？

今巻では、「アザミ」というキャラクターがメインのお話を書きました。

小説三巻を書いている時、ヒビヤに対してもそうだったのですが、どうも僕はその時々の主役キャラが好きになってしまうようです。

なので四巻を書き終えた今となっては、アザミがとてもお気に入りのキャラです。

「馬鹿者《ばかもの》が♡」ってってね。


え？　シンタロー？　あぁ、いましたね（笑顔）。

と、いう訳で（どういう訳だ）舞台は相《あい》も変わらず夏、真《ま》っ盛《さか》りでございます。

小説三巻を書いていた時期は三次元の方が春だったので楽だったのですが、今巻の執筆期間は三次元も真夏だったのでマジ勘弁《かんべん》でした。

もうサマーバケーションとか無いです。

海水浴もキャンプもありません。

あるのは納期という名の肝試《きもだめ》しだけです（うまい）。

というか、なんかペース早いですよね。

だってついこの前三巻出たばかりなのに、もう四巻ですよ。なんですかこれ、意地悪ですか？

しかし、そんなことを言ったところで、何が変わる訳《わけ》でもないのです。

「助けてくれぇ！」と家を飛び出しても、「ジョッキンジョッキン」と巨大な鋏《はさみ》を持った「編集さん」がすぐに追いかけてきます。

なんとかして編集さんから逃げようとタクシーに飛び乗ったところで、そのタクシー運転手さんが「編集さん」だったなんてこともざらにあります。

皆さんが知らないだけで、世の中のいろんなところに「編集さん」がいるんですよ。怖《こわ》いですね。

そして、毎度のことながら部屋が酷《ひど》い有様《ありさま》です。家具：四、ゴミ：六くらいの割合で、ゴミだらけです。

そろそろ爆乳《ばくにゅう》ハイパーバスト巨乳《きょにゅう》メイドさんが現れてもいいですよね。もういい加減にしてください。怒りますよ。

と、こんな感じであとがきを書いていると、「あれ？　これ、前も書いたような」という絶望的な現象が起こり始めてきました。

もう書くこと無いです。助けてください。

家からも出なければ、出会いなんてものもない。そんな二十二歳の男に、人に話して楽しい話ある訳ないじゃないですか。

しかし、それでも書かねばならぬのです。

サイン会で「あとがき楽しみにしてます！」って言ってくれる人もいるのです！　書きますよ！（できれば本編も楽しみにしてください）

そうそう、最近いとこの女の子も小説読んでくれてるみたいなんですよ？。

カノが好きらしいです。

カノね。いやぁ、あいつモテますね。

いやぁ、ね。次巻では誰にゲロを吐《は》かせましょうかね（ニッコリ）。

あ、個人的に男キャラで、一番好きなのは遥《はるか》です。

なんかいい匂《にお》いしそうです。

それにしても、なんやかんやでもう四巻。

ぐだぐだ言いながらも、いつも楽しく書かせていただいております。

「こいつら俺も仲間にいれてくれねぇかな」と切《せつ》に思いながら書いています。

もう小説の世界に入りこんで皆と遊びたいです。

次巻くらいで「俺がカゲロウデイズだ」とか言いながらまさかの本人登場とかあるかもしれませんね。

とか書くと編集さんが巨大な鋏をジョキジョキやりながら「馬鹿者♡」と言ってくるので多分無理です。無念《むねん》。

さて、そんな感じで五巻の発売がなるべく先になるよう祈りつつ、ここら辺にしたいと思います。

次巻のあとがきのページで、またお会いしましょう！　ではでは！

じん（自然の敵P）

小説４巻
おめでとうございます!!
とってもとっても楽しみにしておりました!!
物語もどんどん佳境に近づいてまいりましたね。
じんさんもしづさんも本当に
おつかれさまです…! お忙しい中、
いつも期待を越える素晴らしい
作品を世に出しておられる
じんさん達には本当に
頭が下がります。
これからも頑張ってください!!!
佐藤まひろ
カゲロウデイズのまんがの方連載中です!

カゲロウデイズ四巻
発売おめでとう
ございます!!

ついに四巻まできた
というわけで
じんさんと自分たちの
作品について
あれやこれやと
語り合うように
なってからもう
何年も経つのかと思うと
なつかしいばかりです。
これからも語り合いながら
じんさんの作品も本当に
楽しみにしています。
また何かあれば
遊びましょう!!

石風呂より

小説4巻
発売おめ
いやはや おつかれさまー!!
1.2巻でナゾにおじゃましました
りゅうせーです。じんくん ルームシェアして
という以外ではもはやおじゃまさせて
いただく理由もうすれてまいりました
呼んで いただけてうれしい!
byりゅうせー
アンソロ DOWNNERの
マンガでさんざんな目に
あわせてしまったセトくん
リベンジです。
診断メーカーで
「浴衣」と出たので。
じさんまた
家遊びに
おいでー
細々イラストレーター
しております。
twitter
↳ @ryuuseee

巻末特別企画
マリーの「秘密」絵本より①

巻末特別企画
マリーの「秘密」絵本より②

巻末特別企画
マリーの「秘密」絵本より③

巻末特別企画
マリーの「秘密」絵本より④

巻末特別企画
本文挿絵ラフ①

巻末特別企画
本文挿絵ラフ②

巻末特別企画
本文挿絵ラフ③

巻末特別企画
本文挿絵ラフ④

巻末特別企画

本文挿絵ラフ⑤

巻末特別企画
本文挿絵ラフ⑥

やはい

巻末特別企画
本文挿絵ラフ⑧

KCG文庫

カゲロウデイズⅣ
-the missing children-

2013年9月11日　初版発行

著　者　じん(自然《しぜん》の敵《てき》P)
発行人　浜村弘一
編集人　青柳昌行
発行所　株式会社 エンターブレイン
〒102-8431 東京都千代田区三番町6-1
TEL 0570-060-555(代表)
発売元　株式会社 KADOKAWA
〒102-8177 東京都千代田区富士見2-13-3
印刷所　暁印刷
製本所　BBC

●本書の内容・不良交換についてのお問い合わせ
エンターブレイン・カスタマーサポート　TEL 0570-060-555
(受付時間 土日祝日を除く 12:00～17:00)
メールアドレス support@ml.enterbrain.co.jp

Printed in Japan
ISBN 978-4-04-729099-0　し-1 1-4